Mundo das Sombras

Vampiro secreto

Obras da autora publicadas pela Record

Série Diários do Vampiro
O despertar
O confronto
A fúria
Reunião sombria

Série Diários do Vampiro – O retorno
Anoitecer

L. J. SMITH
Autora de Diários do vampiro

Mundo das Sombras
Vampiro Secreto

Tradução
Ryta Vinagre

GALERA RECORD
RIO DE JANEIRO • SÃO PAULO
2011

CIP-Brasil. Catalogação-na-fonte
Sindicato Nacional dos Editores de Livros, RJ

S649v

Smith, L. J. (Lisa J.)
Vampiro secreto / L. J. Smith; tradução Ryta Vinagre.
Rio de Janeiro: Galera Record, 2011.
(Mundo das sombras; 1)

Tradução de: Secret vampire
ISBN 978-85-01-08912-0

1. Ficção americana. I. Vinagre, Ryta. II. Título. III. Série

10-6309.

CDD: 813
CDU: 821.111(73)-3

Copyright © 2011 by L.J. Smith

Todos os direitos reservados.
Proibida a reprodução, no todo ou
em parte, através de quaisquer meios.
Os direitos morais do autor foram assegurados.

Composição de miolo: Abreu's System
Design de capa: Tita Nigrí

Texto revisado pelo novo Acordo Ortográfico da Língua Portuguesa.

Direitos exclusivos de publicação em língua portuguesa
somente para o Brasil adquiridos pela
EDITORA RECORD LTDA.
Rua Argentina 171 – Rio de Janeiro, RJ – 20921-380 – Tel.: 2585-2000
que se reserva a propriedade literária desta tradução

Impresso no Brasil

ISBN 978-85-01-08912-0

Seja um leitor preferencial Record.
Cadastre-se e receba informações sobre nossos
lançamentos e nossas promoções.

Atendimento e venda direta ao leitor:
mdireto@record.com.br ou (21) 2585-2002

Para Marilyn Marlow,
uma maravilha de agente.

E minha gratidão a Jeanie Danek
e a outras enfermeiras igualmente maravilhosas.

Capítulo 1

No primeiro dia das férias de verão, Poppy descobriu que ia morrer.

Era uma segunda-feira, o primeiro dia *de verdade* das férias (o fim de semana não contava). Poppy acordou sentindo-se gloriosamente leve e pensou: *Não tem aula.* O sol entrava pela janela, transformando a cortina fina em volta da cama numa película de ouro. Poppy a empurrou de lado e saltou para fora da cama — e estremeceu.

Ai. Aquela dor na barriga de novo. Meio como se corroesse, como se algo estivesse abrindo caminho a dentadas até suas costas. Ficava um pouco melhor quando ela se curvava.

Não, pensou Poppy. *Eu me recuso a adoecer nas férias de verão. Eu me recuso. O que preciso é de um pouco de poder do pensamento positivo.*

Fazendo uma careta e recurvada — pensamento positivo, idiota! —, ela andou pelo corredor até o banheiro de ladrilhos turquesa e dourados. No começo achou que fosse vomitar, mas depois a dor passou tão rapidamente quanto

−7−

apareceu. Poppy endireitou o corpo e olhou triunfante seu reflexo descabelado.

— Continue comigo, garota, e vai ficar bem — cochichou ela para o reflexo, dando uma piscadela de quem está tramando algo. Depois se inclinou para a frente, vendo os próprios olhos verdes estreitando-se de desconfiança. Ali, no nariz, havia quatro sardas. Quatro e meia, se ela fosse inteiramente franca, o que Poppy North costumava ser. Que coisa mais infantil, que... *gracinha*! Poppy mostrou a língua para si mesma e saiu com muita dignidade, sem se incomodar em pentear os cachos acobreados e rebeldes que se amontoavam na cabeça.

Ela manteve a dignidade até chegar à cozinha, onde Phillip, o irmão gêmeo, comia corn flakes. Depois, Poppy semicerrou os olhos novamente — desta vez para ele. Já era bem ruim ser baixa, magrela e de cabelo encaracolado — parecendo muito mais um elfo sentado numa flor de ilustração de livro infantil do que qualquer coisa que tenha visto na vida —, mas ter um gêmeo alto, louro-viking, de uma beleza clássica... Bom, isso mostrava uma maldade deliberada na formação do universo, não?

— Oi, Phillip — disse ela num tom carregado de ameaça.

Phillip, que estava acostumado aos humores da irmã, não se deixou impressionar. Ergueu os olhos da seção de quadrinhos do *L.A. Times* por um momento. Poppy admitia que os olhos dele eram lindos: verdes e indagativos, com cílios muito escuros. Eram a única coisa que os gêmeos tinham em comum.

— Oi — disse Phillip sem emoção nenhuma, e voltou aos quadrinhos. Poucos garotos que Poppy conhecia liam jornal, mas esse era o Phil. Como Poppy, ele começaria o penúltimo ano do ensino médio na El Camino e, ao contrário de Poppy, tirava A direto, ao mesmo tempo que era o astro do time de futebol americano, do time de hóquei e do time de basquete. Também era representante de turma. Um dos maiores prazeres da vida de Poppy era implicar com ele. Ela achava Phillip certinho demais.

Agora ela riu e deu de ombros, desistindo do olhar ameaçador.

— Cadê o Cliff e a mamãe? — Cliff Hilgard era o padrasto dos dois havia três anos e era ainda mais certinho do que Phil.

— Cliff está no trabalho. Mamãe está se vestindo. É melhor comer alguma coisa, ou ela vai pegar no seu pé.

— Tá, tá... — Poppy foi olhar o armário na ponta dos pés. Ao encontrar uma caixa de sucrilhos, ela enfiou a mão e delicadamente pegou um floco. Comeu-o a seco.

Não era *de todo* ruim ser baixa feito um elfo. Ela deu alguns passos de dança até a geladeira, sacudindo no ritmo a caixa de cereais.

— Eu sou uma... fada do sexo! — cantou ela, marcando o ritmo com os pés.

— Não é, não — disse Phillip com uma calma de arrasar. — E por que não veste umas roupas?

Mantendo a porta da geladeira aberta, Poppy se olhou. Estava com a camiseta imensa com que dormira. Cobria todo o corpo como um minivestido.

— Isto aqui *é* roupa — disse ela com serenidade, pegando uma Diet Coke na geladeira.

Houve uma batida na porta da cozinha. Pela tela, Poppy viu quem era.

— Oi, James! Entra.

James Rasmussen entrou, tirando o Ray-Ban enorme. Olhando para ele, Poppy sentiu uma pontada — como sempre. Não importava que o visse praticamente todo dia nos últimos dez anos. Ainda sentia uma palpitação aguda e o coração acelerava, em algum ponto entre a doçura e a dor, quando o via pela primeira vez de manhã.

Não era só por sua beleza criminosa, que sempre a lembrava vagamente de James Dean. James tinha cabelo castanho-claro sedoso, um rosto sutil e inteligente e olhos cinza que alternavam entre o intenso e o frio. Era o menino mais lindo da El Camino High, mas não era a isso que Poppy reagia. Era a algo *dentro* dele; algo misterioso e atraente, sempre fora de alcance que acelerava seu coração e fazia a pele formigar.

Phillip sentia outra coisa. Assim que James entrou, ele enrijeceu e sua expressão ficou fria. Uma antipatia brotou entre os dois garotos, quase saíam faíscas.

Depois James deu um sorrisinho, como se a reação de Phillip o divertisse.

— Oi.

— Oi — disse Phillip, sem ceder. Poppy teve a forte sensação de que ele a jogaria nos ombros e a tiraria rapidamente da cozinha. Phillip sempre exagerava no papel de irmão protetor quando James estava presente. — E como vão Jacklyn e Michaela? — acrescentou com antipatia.

James refletiu.

— Bom, eu não sei muito bem.

— Você não *sabe*? Ah, sim, você sempre larga suas namoradas antes das férias de verão. Assim fica livre para agir, né?

— Claro — disse James com brandura. Ele sorriu.

Phillip o olhou com uma carranca de ódio descarado

Poppy, em compensação, ficou cheia de alegria. Adeus, Jacklyn; adeus, Michaela. Adeus às pernas longas e elegantes de Jacklyn e aos incríveis seio pneumáticos de Michaela. Esse verão seria maravilhoso.

Muita gente achava que a relação de Poppy com James era platônica. Não era verdade. Poppy sabia havia anos que se casaria com ele. Era uma de suas duas maiores ambições; a outra era conhecer o mundo. Ela só não tinha contado ainda a James. Nesse momento, ele ainda achava que gostava de meninas de pernas compridas com unhas bem-feitas e botas italianas.

— Esse CD é novo? — perguntou ela, para distraí-lo da encarada do futuro cunhado.

James o ergueu.

— É o novo lançamento do Ethnotechno.

Poppy vibrou.

— Mais *World Music eletrônica*... mal posso *esperar*. Vamos ouvir. — Mas, nesse momento, sua mãe entrou. A mãe de Poppy era fria, loura e perfeita, como uma heroína de Alfred Hitchcock. Geralmente tinha uma expressão de eficiência tranquila. Poppy, saindo da cozinha, quase esbarrou nela.

— Desculpe... Bom-dia!

— Espere um minuto — disse a mãe de Poppy, segurando a filha pelas costas da camiseta. — Bom-dia, Phil. Bom-dia, James — acrescentou. Phil a cumprimentou e James assentiu com uma educação irônica.

— Todos já tomaram o café da manhã? — perguntou ela, e, quando os meninos disseram que sim, ela olhou para a filha. — E você? — perguntou, olhando-a fixamente.

Poppy sacudiu a caixa de cereal e a mãe estremeceu.

— Por que não põe um pouco de leite?

– 11 –

— Assim é melhor — disse Poppy com firmeza, mas, quando a mãe lhe deu um pequeno empurrão até a geladeira, ela cedeu e pegou uma caixa de leite desnatado.

— O que pretendem fazer em seu primeiro dia de liberdade? — perguntou a mãe, olhando de James para Poppy.

— Ah, sei lá. — Poppy olhou para James. — Ouvir um pouco de música... quem sabe ir até as colinas? Ou de carro até a praia?

— O que você quiser — disse James. — Temos o verão todo.

O verão se estendia diante de Poppy — quente, dourado e resplandecente. Tinha cheiro de cloro de piscina e maresia; era como a grama quente em suas costas. *Três meses inteiros*, pensou ela. Uma eternidade. Três meses são uma eternidade.

Estranho que ela estivesse pensando nisso quando aconteceu.

— A gente podia dar uma olhada nas lojas novas do Village... — começou ela, quando, de repente, a dor a atingiu e sua respiração ficou presa na garganta.

Foi horrível: uma torção funda numa explosão de agonia que a fez se recurvar. A caixa de leite voou de seus dedos e tudo ficou cinzento.

Capítulo 2

— **P**oppy! — Ela podia ouvir a voz da mãe, mas não conseguia enxergar nada. O chão da cozinha escureceu, coberto por uma dança de pontos pretos. — Poppy, você está bem? — Agora Poppy sentia as mãos da mãe agarrando-a pelos antebraços, segurando-a com ansiedade. A dor passava e sua visão estava voltando.

Enquanto se endireitava, Poppy viu James diante dela. O rosto dele quase não tinha expressão, mas Poppy o conhecia bem o bastante para reconhecer a preocupação em seus olhos. Ela percebeu que ele segurava a caixa de leite. Devia tê-la apanhado em pleno voo quando ela a largou — reflexos incríveis, pensou Poppy, confusa. Incríveis mesmo.

Phillip estava a seus pés.

— Você está bem? O que foi?

— Eu... não sei. — Poppy olhou em volta, depois deu de ombros, sem graça. Agora que se sentia melhor, queria que eles não ficassem encarando-a com tanta intensidade. Para lidar com a dor era preciso ignorá-la, em vez de pensar nela.

— 13 —

— É só uma dor idiota... Acho que é gastrosseilaoqueíte. Sei lá, de alguma coisa que eu comi.

A mãe de Poppy lhe deu uma leve sacudida.

— Poppy, não é gastroenterite. Você já teve essa dor... Há quase um mês, não foi? É o mesmo tipo de dor?

Poppy se encolheu, pouco à vontade. Na realidade, a dor nunca tinha desaparecido. De algum modo, na empolgação das atividades de fim de ano, ela conseguiu ficar indiferente e agora estava acostumada a conviver com ela.

— Mais ou menos — ela tentou contemporizar. — Mas...

Foi o suficiente para a mãe de Poppy. Ela lhe deu um pequeno apertão e foi até o telefone da cozinha.

— Sei que você não gosta de médicos, mas vou ligar para o Dr. Franklin. Quero que ele dê uma olhada em você. Não é uma coisa que possamos ignorar.

— Ah, mãe, estou de *férias*...

A mãe cobriu o bocal do telefone.

— Poppy, não há o que discutir. Vá se vestir.

Poppy gemeu, mas podia ver que era inútil. Ela acenou para James, que olhava pensativo a distância.

— Pelo menos vamos ouvir o CD antes de eu ir.

James olhou o CD como se tivesse se esquecido dele e baixou a caixa de leite. Phillip os seguiu para o corredor.

— Ei, amigo, espere aqui enquanto ela se veste.

James mal se virou.

— Cuide de sua vida, Phil — disse ele, quase desligado.

— Mantenha as mãos longe da minha irmã, seu animal.

Poppy balançou a cabeça enquanto ia para o quarto. Até parece que James se importava em vê-la despida. *Quem me dera*, pensou de cara amarrada, pegando um short numa gaveta. Ela o vestiu, ainda balançando a cabeça. James era

— 14 —

seu melhor amigo, o melhor amigo mesmo, e ela, a melhor amiga dele. Mas ele nunca demonstrou o menor desejo de tocá-la. Às vezes ela se perguntava se James percebia que era uma menina.

Um dia vou *obrigá-lo* a ver, pensou Poppy, e escancarou a porta para ele.

James entrou e sorriu para Poppy. Era um sorriso que outras pessoas raramente viam; não um sorriso irônico ou insultante, mas um lindo sorrisinho, um tanto torto.

— Desculpe pela história do médico — disse Poppy.

— Não. Você precisa ir. — James lhe lançou um olhar penetrante. — Sua mãe tem razão. Isso já está assim há muito tempo. Você emagreceu; fica acordada à noite...

Poppy olhou para ele, sobressaltada. Não havia contado a ninguém sobre o agravamento da dor à noite, nem mesmo a James. Mas... às vezes James simplesmente sabia das coisas. Como se pudesse ler os pensamentos dela.

— Eu conheço *você*, é só isso — disse ele, lançando-lhe um olhar malicioso enquanto ela o encarava. Ele abriu o CD.

Poppy deu de ombros e se jogou na cama, olhando o teto.

— Mesmo assim, queria que minha mãe me deixasse ter *um dia* que fosse de férias — disse. Ela esticou o pescoço para olhar especulativamente para James. — Queria ter uma mãe como a sua. A minha está sempre preocupada, tentando me *corrigir*.

— E a minha não liga se eu entro ou saio. Qual delas é pior? — questionou James com ironia.

— Seus pais deixam você ter seu próprio *apartamento*.

— 15 —

— Num prédio que é deles porque sai mais barato do que contratar um síndico. — James balançou a cabeça, os olhos no CD que colocava no aparelho de som. — Não critique seus pais, garota. Você tem mais sorte do que imagina.

Poppy pensou nisso enquanto o CD começava a tocar. Ela e James gostavam de trance — o som eletrônico e underground que vinha da Europa. James gostava da batida techno. Poppy adorava porque era música *de verdade*, crua e sem pasteurização, feita por pessoas que acreditavam na música. Gente que tinha a paixão, mas não tinha dinheiro.

Além disso, a música a fazia se sentir parte de outros lugares. Ela adorava a dessemelhança disso, a diferença de alturas.

Pensando no assunto, talvez fosse o que gostava também em James. Seu jeito incomum. Ela tombou a cabeça de lado para olhá-lo enquanto os ritmos estranhos de tambores do Burundi enchiam o ar.

Poppy conhecia James melhor do que qualquer pessoa, mas sempre havia algo, *alguma coisa* nele que lhe era secreto. Algo nele que ninguém conseguia alcançar.

Os outros tomavam por arrogância, frieza ou indiferença, mas não era nada disso. Era só uma... *diferença*. Ele era mais incomum do que qualquer aluno de intercâmbio da escola. Por repetidas vezes, Poppy sentiu que quase descobrira a diferença, mas sempre lhe escapava. E, por várias vezes, em especial, tarde da noite, quando eles ouviam música ou olhavam o mar, Poppy sentia que James estava prestes a lhe contar.

E ela sempre sentiu que, se ele *contasse*, seria algo importante, algo tão chocante e adorável quanto um gato desgarrado que conversasse com ela.

Agora ela fitava James, seu perfil puro e cinzelado, os cachos castanhos dos cabelos na testa, e pensava: *Ele parece triste.*

— Jamie, não há nada de *errado*, não é? Quero dizer, em casa, ou coisa assim? — Ela era a única pessoa do planeta que podia chamá-lo de Jamie. Nem Jacklyn ou Michaela chegaram sequer a tentar.

— O que pode haver de errado em casa? — devolveu ele, com um sorriso que não transparecia no olhar. Depois ele balançou a cabeça, sem interesse. — Não se preocupe, Poppy. Não é nada importante... Só um parente que parece que vem nos visitar. Um parente indesejado. — Depois o sorriso *chegou* aos olhos, cintilando ali. — Ou talvez eu só esteja preocupado com você — disse ele.

Poppy pensou em dizer "Ah, *até parece*", mas, em vez disso, por mais estranho que fosse, viu-se falando:

— Está mesmo?

A seriedade dela pareceu tocar alguma corda. O sorriso de James desapareceu e Poppy descobriu que eles estavam simplesmente se olhando, sem nenhum clima de humor entre os dois. Só se olhando nos olhos. James parecia inseguro, quase vulnerável.

— Poppy...

Poppy engoliu em seco.

— Sim?

Ele abriu a boca; depois, levantou-se abruptamente e foi ajustar os alto-falantes Tall-Boy de 170 watts. Quando voltou, os olhos cinzentos estavam escuros e insondáveis.

— É claro que eu ficaria preocupado se você estivesse mesmo doente — disse ele com leveza. — Não é para isso que servem os amigos?

Poppy murchou.

— É verdade — respondeu com melancolia, abrindo-lhe um sorriso decidido.

— Mas você não está doente — disse ele. — É só uma coisa que precisa cuidar. O médico provavelmente vai lhe dar um antibiótico ou coisa assim... Com um agulhão — acrescentou com malícia.

— Ah, cala essa boca — disse Poppy. Ele sabia que Poppy tinha pavor de injeção. Só a ideia de uma agulha entrando por sua pele...

— Lá vem a sua mãe — disse James, olhando a porta, que estava entreaberta. Poppy não entendeu como ele conseguiu ouvir alguém chegando: a música estava alta e o corredor era acarpetado. Mas, um segundo depois, a mãe abriu a porta.

— Muito bem, meu amor — disse ela, com ânimo. — O Dr. Franklin disse que podemos ir. Desculpe, James, mas terei de levar Poppy.

— Tudo bem. Eu volto à tarde.

Poppy reconhecia quando estava derrotada. Deixou que a mãe a rebocasse até a garagem, ignorando a mímica que James fazia de alguém tomando injeção.

Uma hora depois, estava deitada na mesa de exames do Dr. Franklin, os olhos educadamente desviados enquanto os dedos gentis do médico sondavam seu abdome. O Dr. Franklin era alto, magro e grisalho, com o ar de médico do interior. Alguém em quem se podia ter toda a confiança.

— A dor é aqui? — perguntou ele.

— Sim... Mas parece que vai para minhas costas. Ou talvez eu só tenha contraído um músculo ali ou coisa assim...

Os dedos gentis que a sondavam se mexeram, e então pararam. A expressão do Dr. Franklin mudou. E, de algum modo, naquele momento, Poppy entendeu que não era uma contração muscular. Não era uma perturbação gástrica; não era nada simples; e as coisas estavam prestes a mudar para sempre.

— Sabe de uma coisa? Vou marcar um exame para isso — foi o que o Dr. Franklin se limitou a dizer.

A voz dele era seca e pensativa, mas, mesmo assim, o pânico começou a corroer Poppy. Não conseguia explicar o que acontecia dentro dela — uma espécie de premonição terrível, como um poço escuro se abrindo no chão.

— Por quê? — perguntou a mãe ao médico.

— Ora... — O Dr. Franklin sorriu e empurrou os óculos para cima. Tamborilou dois dedos na mesa de exames. — Só faz parte de um processo. Temos que eliminar possíveis diagnósticos. Poppy disse que vem sentindo dor no abdome superior, uma dor que se irradia para as costas e piora à noite. Ela perdeu o apetite recentemente e perdeu peso. E sua vesícula biliar é palpável... O que significa que posso sentir que aumentou. Bem, esses sintomas podem corresponder a um monte de coisas e uma ultrassonografia ajudará a eliminar algumas hipóteses.

Poppy se acalmou. Não conseguia se lembrar do que fazia uma vesícula biliar, mas tinha certeza absoluta de que não precisava dela. Qualquer coisa que envolvesse um órgão com um nome tão ridículo não podia ser grave. O Dr. Franklin continuava, falando do pâncreas, de pancreatite e de fígados palpáveis, e a mãe de Poppy assentia como se compreendesse. Poppy não entendia, mas o pânico tinha passado. Era como se uma capa tivesse sido estendida por cima do poço escuro, sem deixar pistas de que ele estivera ali.

— Pode fazer a ultrassonografia no Hospital Pediátrico, do outro lado da rua — dizia o Dr. Franklin. — Volte aqui depois que terminar.

A mãe de Poppy assentia, calma, séria e eficiente. Como Phil. Ou Cliff. Tudo bem, vamos resolver isso.

Poppy se sentiu um tanto importante. Ninguém que conhecia tinha feito exames num hospital.

A mãe afagou seu cabelo na saída do consultório do Dr. Franklin.

— Bem, Poppet. O que andou fazendo?

Poppy sorriu, travessa. Estava plenamente recuperada da preocupação que tivera antes.

— Talvez eu faça uma cirurgia e fique com uma cicatriz interessante — disse ela, para implicar com a mãe.

— Tomara que não — disse a mãe, sem achar divertido.

O Hospital Pediátrico Suzanne G. Monteforte ficava num prédio cinza e bonito com curvas sinuosas e vidraças imensas. Ao passar, Poppy olhou pensativamente a loja de presentes. Era, evidentemente, uma loja de presentes para *crianças*, cheia de molas malucas de todas as cores e bichos de pelúcia que um adulto de visita podia comprar como presente de última hora.

Uma menina saiu da loja. Era um pouco mais velha do que Poppy, talvez com 17 ou 18 anos. Era bonita, com uma expressão sábia — e uma bandana bacana que não escondia muito o fato de que não tinha cabelo. Parecia feliz, bochechuda, com brincos vistosos pendendo por baixo da bandana —, mas Poppy sentiu uma onda de compaixão.

Compaixão... e medo. A menina estava doente *de verdade*. Era para isso que serviam os hospitais, é claro — para gente doente de verdade. De repente, Poppy quis terminar logo os exames e ir embora dali.

A ultrassonografia não doeu, mas foi um tanto perturbadora. Uma enfermeira espalhou uma espécie de geleia na barriga de Poppy, depois passou um scanner frio, lançando ondas sonoras para dentro dela, tirando fotos de suas entranhas. Poppy viu sua mente voltar à menina bonita sem cabelos.

Para se distrair, pensou em James. E, por algum motivo, o que lhe veio à cabeça foi a primeira vez em que o viu, no dia em que ele chegou ao jardim de infância. Era um menino pálido e magro com grandes olhos cinzentos e algo sutilmente *estranho* que fez com que os meninos maiores começassem a implicar com ele de imediato. No pátio, eles o encurralaram como cães de caça cercando uma raposa — até que Poppy viu o que estava acontecendo.

Mesmo aos 5 anos, Poppy tinha um ótimo gancho de direita. Ela partiu para dentro do grupo, batendo em rostos e chutando canelas até que os meninos grandes fugiram. Depois, ela se virou para James.

— Quer ser meu amigo?

Após uma curta hesitação, ele assentiu, tímido. Havia algo de estranhamente doce no sorriso dele.

Mas Poppy logo descobriu que o novo amigo era estranho nas mínimas coisas. Quando o lagarto da turma morreu, ele pegou o corpo sem a menor repulsa e perguntou a Poppy se queria segurá-lo. A professora ficou apavorada.

Ele também sabia onde achar animais mortos: mostrou a Poppy um terreno baldio onde havia várias carcaças de coelho na relva castanha e alta. Ele encarava isso com muita naturalidade.

Quando James ficou mais velho, as crianças maiores pararam de implicar. Ele cresceu e ficou tão alto quanto qualquer um dos outros, e surpreendentemente forte e rápido — além de ter criado fama de ser durão e perigoso. Quando ficava com raiva, alguma coisa quase assustadora brilhava em seus olhos cinzentos.

Mas ele nunca teve raiva de Poppy. Os dois continuaram grandes amigos por todos esses anos. Quando chegaram na quinta série, ele começou a ter namoradas — todas as garotas da escola o queriam —, mas nunca ficava com elas por muito tempo. E nunca se confidenciava com essas meninas; para elas, James era um *bad boy* misterioso e cheio de segredos. Só Poppy via o outro lado dele, o lado vulnerável e afetuoso.

— Muito bem — disse a enfermeira, trazendo Poppy de volta com um solavanco —, acabamos. Vamos limpar esse gel.

— E o que mostrou? — perguntou Poppy, olhando o monitor.

— Ah, seu médico vai lhe dizer. O radiologista lerá os resultados e passará por telefone ao consultório de seu médico. — A voz da técnica era absolutamente neutra; tão neutra que Poppy a olhou de maneira incisiva.

No consultório do Dr. Franklin, Poppy ficou inquieta enquanto a mãe folheava revistas velhas. Quando a enfermeira disse "Sra. Hilgard", as duas se levantaram.

— Er... não — disse a enfermeira, parecendo aturdida. — Sra. Hilgard, o médico só quer ver a senhora por um minuto... A sós.

Poppy e a mãe se entreolharam. Depois, devagar, a mãe de Poppy baixou a revista *People* e seguiu a enfermeira.

Poppy olhou-a se afastando.

Mas que *coisa*... O Dr. Franklin nunca fez *isso*.

Poppy percebeu que seu coração batia com força. Não era rápido, só forte. Tum... tum... tum, no meio do peito, abalando-a por dentro. Fez com que se sentisse irreal e tonta.

— 22 —

Não pense nisso. Não deve ser nada. Leia a revista.

Mas os dedos dela não pareciam funcionar bem. Quando, por fim, conseguiu abrir a revista, os olhos passaram pelas palavras sem transmiti-las ao cérebro.

Do que estavam falando lá dentro? O que estava *acontecendo* ali? Estava demorando tanto...

E demoraria mais. Enquanto esperava, Poppy se viu oscilando entre duas linhas de raciocínio: 1) não havia nada de grave com ela e a mãe ia sair e rir por imaginar que houvesse; e 2) havia algo medonho com ela e teria que passar por algum tratamento pavoroso para ficar bem. O poço coberto e o poço aberto. Quando o poço estava coberto, parecia risível e ela ficou constrangida por ter ideias tão melodramáticas; mas, quando se abria, parecia a Poppy que toda a sua vida até então fora um sonho e que agora, enfim, ela levava um murro da realidade.

Queria poder ligar para James, pensou ela.

Por fim, a enfermeira disse:

— Poppy? Pode entrar.

O consultório do Dr. Franklin era revestido de painéis de madeira, com certificados e diplomas nas paredes. Poppy se sentou em uma cadeira de couro e procurou não demonstrar que tentava interpretar a expressão da mãe.

A mãe estava... calma demais. Calma com uma tensão por baixo. Ela sorria, mas era um sorriso estranho, um tanto instável.

Ah, meu Deus, pensou Poppy. *Tem alguma coisa errada.*

— Bem, não há motivo para alarme — disse o médico e, de imediato, Poppy ficou ainda mais alarmada. As palmas das mãos grudaram no couro dos braços da cadeira.

— Apareceu algo meio incomum na ultrassonografia e eu gostaria de fazer mais alguns exames — disse o Dr.

Franklin, a voz lenta e calculada, tentando tranquilizar. — Um dos exames exige que você jejue a partir da meia-noite da véspera. Sua mãe disse que você nem tomou o café da manhã hoje.

Poppy disse mecanicamente:

— Eu comi um floco de sucrilhos.

— *Um*? Bem, acho que podemos contar isso como jejum. Vamos fazer os exames hoje, e para isso acho melhor que você seja internada. Agora, os exames são chamados CAT scan e ERCP... Abreviatura para algo que nem eu consigo pronunciar. — Ele sorriu. Poppy se limitou a olhá-lo.

— Não há nada de assustador em nenhum dos dois exames — disse com gentileza. — O CAT scan é como um raio X. O ERCP implica passar um tubo pela garganta, através do estômago, entrando pelo pâncreas. Depois injetamos no tubo um líquido que vai aparecer em raios X...

A boca do médico continuava em movimento, mas Poppy parou de ouvir as palavras. Estava mais assustada do que se lembrava ter ficado há muito tempo.

Eu só estava brincando sobre a cicatriz interessante, pensou ela. *Não quero ter uma doença de verdade. Não quero ir para o hospital e não quero nenhum tubo entrando por minha garganta.*

Ela olhou a mãe num apelo mudo. A mãe pegou sua mão.

— Não é nada demais, meu amor. Vamos em casa pegar umas coisas para você; depois voltamos.

— Preciso ir para o hospital *hoje*?

— Acho que seria melhor assim — disse o Dr. Franklin.

A mão de Poppy apertou a da mãe. Sua mente era um oco que zunia.

— Obrigada, Owen — disse a mãe ao saírem as duas do consultório. Poppy nunca a ouvira tratar o Dr. Franklin pelo primeiro nome.

Poppy não perguntou por quê. Não disse nada enquanto elas saíam do prédio e entravam no carro. No caminho para casa, a mãe começou a tagarelar sobre coisas comuns numa voz calma e leve, e Poppy se obrigou a responder. Fingindo que tudo estava normal, enquanto o tempo todo a náusea de pavor espalhava-se por dentro.

Foi só quando estavam no quarto de Poppy, colocando livros de mistério e pijamas de algodão numa mala pequena, que ela perguntou quase despreocupadamente:

— E o que exatamente ele acha que há de errado comigo?

A mãe não respondeu de imediato. Olhava a mala. Por fim, disse:

— Bem, ele não tem certeza se há *alguma coisa* errada.

— Mas o que ele *acha*? Ele deve pensar alguma coisa. E ele falava do meu pâncreas... Quer dizer, parece que ele acha que tem alguma coisa errada com o meu pâncreas. Pensei que ele estivesse examinando minha *vesícula biliar* ou o que fosse. Eu nem sabia que meu pâncreas estava *relacionado com isso*...

— Meu amor... — A mãe a pegou pelos ombros e Poppy percebeu que ela estava meio agitada. Ela respirou fundo.

— Eu só quero saber a verdade, está bem? Só quero ter uma ideia do que está havendo. É o meu corpo e tenho o direito de saber o que estão procurando... Não tenho?

Foi um discurso corajoso e ela não pretendia dizer nada daquilo. O que realmente queria era ser tranquilizada, ouvir a promessa de que o Dr. Franklin procurava por algo banal. Que o pior que podia acontecer não seria tão ruim. Ela não entendia.

— Sim, você tem o direito de saber. — A mãe soltou um suspiro, depois falou lentamente. — Poppy, o Dr. Franklin estava preocupado com o seu pâncreas o tempo todo. Ao que parece, podem acontecer coisas com seu pâncreas que provocam mudanças em outros órgãos, como a vesícula e o fígado. Quando o Dr. Franklin sentiu essas mudanças, decidiu verificar as coisas com uma ultrassonografia.

Poppy engoliu em seco.

— E ele disse que o resultado do exame foi... incomum. Incomum até que ponto?

— Filha, é tudo preliminar... — A mãe viu o rosto de Poppy e suspirou. Continuou, com relutância. — A ultrassonografia mostrou que pode haver alguma coisa em seu pâncreas que não devia estar ali. Por isso o Dr. Franklin quer os outros exames; eles nos darão certeza. Mas...

— Algo que não devia estar ali? Quer dizer... como um tumor? Como... câncer? — Que estranho, era difícil pronunciar as palavras.

A mãe assentiu uma vez.

— Sim. Como câncer.

Capítulo 3

Poppy só conseguia pensar na menina bonita e careca da loja de presentes.

Câncer.

— Mas... mas eles podem fazer alguma coisa a respeito disso, não podem? — perguntou, e até a seus próprios ouvidos a voz parecia muito pueril. — Quero dizer... se for necessário, podem tirar o meu pâncreas...

— Ah, meu amor, *é claro que sim*. — A mãe de Poppy a pegou nos braços. — Eu prometo; se houver alguma coisa errada, vamos fazer de tudo para resolver. Vou até o fim do mundo para que você fique bem. Você *sabe* disso. E, a essa altura, nem temos certeza de se há mesmo *alguma coisa*. O Dr. Franklin disse que é extremamente raro um tumor no pâncreas em adolescentes. Extremamente raro. Então não vamos nos preocupar antes da hora.

Poppy se sentiu relaxar; o poço estava se ocultando de novo. Mas, em algum lugar lá dentro deles, ela ainda sentia frio.

— Preciso ligar para o James.

A mãe assentiu.

— Mas que seja rápido.

Poppy manteve os dedos cruzados enquanto discava o número do apartamento de James. *Esteja em casa, por favor, esteja em casa*, pensou ela. E, pela primeira vez, ele estava. James atendeu laconicamente, mas, assim que ouviu a voz dela, disse:

— O que há de errado?

— Nada... quero dizer, tudo. Talvez. — Poppy se ouviu soltando uma risada meio doida. Não era bem uma risada.

— O que houve? — perguntou James incisivamente. — Você brigou com Cliff?

— Não. Cliff está no trabalho. E eu vou para o hospital.

— Por quê?

— Eles acham que eu posso ter câncer.

Foi um alívio imenso dizer isso, uma espécie de libertação emocional. Poppy riu de novo.

Silêncio do outro lado da linha.

— Alô?

— Estou aqui — disse James. — Estou indo.

— Não, não adianta nada. Vou sair daqui a pouquinho. — Ela esperou que James dissesse que a veria no hospital, mas ele não disse. — James, pode fazer uma coisa para mim? Descubra o que puder sobre câncer no pâncreas, está bem? Só por precaução.

— É o que eles acham que você tem?

— Eles não sabem. Me mandaram para uns exames. Só espero que não tenham de usar agulha nenhuma. — Outra risada, mas, por dentro, ela vacilava. Queria que James dissesse alguma coisa reconfortante.

— Vou ver o que acho na internet. — A voz dele não trazia emoção alguma, era quase fria.

— E depois pode me contar... Devem deixar que você ligue para o hospital.

— Tá.

— Tudo bem, tenho que ir. Minha mãe está esperando.

— Se cuida.

Poppy desligou, sentindo-se vazia. A mãe estava na soleira da porta.

— Vamos, Poppet. Temos que ir.

James ficou sentado, imóvel, olhando para o telefone sem enxergá-lo.

Ela estava com medo e James não podia ajudá-la. Ele nunca foi muito bom em papos inspiradores. Não era da natureza dele, pensou com melancolia.

Para reconfortar é preciso ter uma visão reconfortante do mundo. E James vira demais do mundo para ter qualquer ilusão.

Mas ele podia lidar com a dura realidade. Empurrando de lado uma pilha de objetos variados, ele ligou o laptop e se conectou à internet.

Minutos depois, estava pesquisando o CancerNet do Instituto Nacional de Câncer. O primeiro arquivo que encontrou estava relacionado como "Câncer Pancreático____Paciente". Ele deu uma olhada. Coisas sobre a função do pâncreas, fases da doença, tratamentos. Nada medonho demais.

Depois entrou em "Câncer Pancreático____Médico" — um arquivo para médicos. A primeira frase o deixou paralisado.

O câncer de pâncreas exócrino raras vezes é curável.
Seus olhos desceram pelas frases. *Taxas de sobrevivência média... metástase... fraca reação à quimioterapia, radioterapia e cirurgia... dor...*

Dor. Poppy era corajosa, mas enfrentar uma dor constante esmagaria qualquer um. Em especial quando a perspectiva futura era tão lúgubre.

Ele voltou ao início do artigo. A taxa de sobrevivência geral era de menos de três por cento. Se o câncer se disseminasse, menos de um por cento.

Deve haver mais informação. James voltou a fazer a busca e deu com vários artigos de jornais e periódicos médicos. Eram ainda piores do que o arquivo do INC.

A maioria esmagadora dos pacientes morrerá, e rapidamente, segundo os especialistas. (...) O câncer pancreático em geral é inoperável, rápido e debilitante de tão doloroso. (...) A sobrevivência média, se houver disseminação, pode ser de três semanas a três meses. (...)

Três semanas a três meses.

James fitou a tela do laptop. Seu peito e a garganta pareciam apertados; a visão estava embaçada. Ele tentou se controlar, dizendo a si mesmo que ainda não havia certeza de nada. Poppy estava sendo examinada; isso não queria dizer que *tinha* câncer.

Mas as palavras soavam ocas em sua mente. Havia algum tempo ele sabia que existia alguma coisa errada com Poppy. Algo estava... perturbado... dentro dela. Ele sentiu que os ritmos de seu corpo eram ligeiramente descoordenados; sabia que ela estava perdendo o sono. E a dor — ele sempre soube quando a dor estava presente. Só não tinha percebido a gravidade.

Poppy sabe também, pensou ele. *No fundo, ela sabe que tem alguma coisa muito ruim acontecendo, ou não teria me pedido para pesquisar. Mas o que ela espera que eu faça? Que vá contar que ela vai morrer daqui a alguns meses?*

E eu tenho que ficar lá e assistir?

Os lábios dele recuaram um pouco nos dentes. Não era um sorriso bonito; era mais uma careta selvagem. Ele vira muita morte em 17 anos. Conhecia os estágios da morte, sabia a diferença entre o momento em que a respiração parava e aquele em que o cérebro se desligava; conhecia a inconfundível palidez espectral de um cadáver fresco. Como os globos oculares achatavam cinco minutos depois do fim. Agora, isso era um detalhe com que a maioria das pessoas não estava familiarizada. Cinco minutos depois de você morrer, seus olhos se achatam e ficam com uma película cinzenta. E, depois, seu corpo começa a encolher. Você fica realmente menor.

Poppy já era bem pequena.

Ele sempre tivera medo de machucá-la. Ela parecia tão frágil, e ele podia machucar alguém muito mais forte, se não tivesse cuidado. Esse era um motivo para manter certa distância entre os dois.

Um motivo. Mas não o principal.

O outro era algo que ele não conseguia colocar em palavras — nem para si mesmo. Levava-o à beira do proibido. A encarar regras que foram impregnadas nele desde o nascimento.

Ninguém do Mundo das Sombras podia se apaixonar por um humano. A sentença para quem infringisse a lei era a morte.

Não importava. Ele sabia o que precisava fazer. Sabia aonde iria.

Com frieza e precisão, James saiu da internet. Levantou-se e pegou os óculos de sol, colocando-os no rosto. Saiu para o impiedoso sol de verão, batendo a porta do apartamento.

Infeliz, Poppy olhou o quarto de hospital. Não havia nada tão horrível nele, a não ser que era frio demais, mas... era um hospital. Essa era a verdade por trás das lindas cortinas rosadas e azuis, a TV a cabo e o cardápio do jantar decorado com personagens de desenho animado. Era um lugar aonde só se ia quando se estava Muito Doente.

Ah, sem essa, disse Poppy a si mesma. *Anime-se um pouco. O que aconteceu com o poder do pensamento poppytivo? Onde está a Poppyana quando se precisa dela? Cadê as Mary Poppyces?*

Meu Deus, cheguei ao ponto de fazer piada de mim mesma, pensou ela.

Mas ela se viu dando um sorriso fraco, pelo menos com um humor autodepreciativo. As enfermeiras *eram* legais ali, e a cama era muito bacana. Tinha um controle remoto na lateral que a inclinava em cada posição imaginável.

A mãe entrou enquanto ela brincava com o leito.

— Consegui falar com Cliff; ele virá mais tarde. Enquanto isso, acho melhor você trocar de roupa e se preparar para os exames.

Poppy olhou o avental de hospital listrado de azul e branco e sentiu um espasmo doloroso que pareceu ir do estômago às costas. E algo bem no fundo dela disse: *Por favor, ainda não. Eu nunca estarei pronta.*

James parou o Integra numa vaga na Ferry Street, perto da Stoneham. Não era uma boa área da cidade. Os turistas que visitavam Los Angeles evitavam essa região.

O prédio era caído e decrépito. Várias lojas estavam vazias, com papelão sobre as janelas quebradas. A pichação cobria a tinta que descascava nas paredes de bloco de cimento.

Até a neblina parecia ser mais densa ali. O ar em si era amarelado e pesado. Como um miasma venenoso, escurecia o dia mais luminoso e tornava tudo irreal e agourento.

James andou até os fundos do prédio. Ali, em meio a entradas de carga das lojas da frente, havia uma porta sem pichação nenhuma. A placa no alto não tinha palavras. Só a imagem de uma flor preta.

Uma íris negra.

James bateu. A porta se abriu cinco centímetros e uma criança magricela com uma camiseta enrugada espiou com olhos de conta.

— Sou eu, Ulf — disse James, resistindo à tentação de chutar a porta para entrar. Lobisomens, pensou ele. Por que eram tão territorialistas?

A porta se abriu o suficiente para permitir a passagem de James. O garoto magricela olhou desconfiado para fora antes de fechá-la.

— Vá demarcar um hidrante ou coisa assim — sugeriu James por sobre o ombro.

O lugar parecia um pequeno bar. Uma sala escura com mesinhas redondas espremidas de lado a lado, circundadas por cadeiras de madeira. Havia algumas poucas pessoas sentadas, todas aparentavam ser adolescentes. Dois caras jogavam sinuca nos fundos.

James foi até uma das mesas redondas, onde havia uma menina. Ele tirou os óculos e se sentou.

— Oi, Gisèle.

A menina levantou a cabeça. Tinha cabelo preto e olhos azuis. Olhos oblíquos e misteriosos que pareciam ter sido contornados com delineador preto, no estilo do antigo Egito. Ela parecia uma bruxa, o que não era coincidência.

— James. Senti sua falta. — A voz era branda e rouca. — Como tem passado? — Ela colocou as mãos em concha em volta da vela apagada na mesa e fez um movimento rápido, como se soltasse um pássaro cativo. Enquanto suas mãos se afastavam, o pavio da vela se acendeu. — Lindo como sempre — disse ela, sorrindo para ele na luz dourada e dançante.

— Posso dizer o mesmo de você. Mas a verdade é que estou aqui a negócios.

Ela arqueou uma sobrancelha.

— E não é sempre assim?

— Agora é diferente. Quero pedir sua... opinião profissional sobre uma coisa.

Ela abriu as mãos finas, as unhas prateadas brilhando na chama da vela. No indicador havia um anel com uma dália negra.

— Meus poderes estão à sua disposição. Há alguém que queira amaldiçoar? Ou talvez queira atrair boa sorte ou prosperidade. Sei que não deve precisar de um feitiço de amor.

— Quero um feitiço... para curar uma doença. Não sei se precisa ser específico para a doença, ou se alguma coisa mais genérica funcionaria. Um... feitiço de saúde geral...

— James... — Ela riu languidamente e colocou a mão na dele, afagando-a de leve. — Você está realmente perturbado, não é? Nunca o vi assim.

Era verdade; ele estava mesmo perdendo o controle, e muito. Ele trabalhou nisso, disciplinando-se para uma quietude perfeita.

— 34 —

— De que doença especificamente estamos falando? — perguntou Gisèle, porque ele não voltou a falar.

— Câncer.

Gisèle atirou a cabeça para trás e riu.

— Está me dizendo que sua espécie pode ter câncer? Não acredito. Comam e respirem quanto quiserem, mas não tente me convencer de que os lâmias pegam doenças humanas.

Essa era a parte complicada. James disse em voz baixa:

— A pessoa com a doença não é de minha espécie. Nem da sua. Ela é humana.

O sorriso de Gisèle desapareceu. Sua voz não era mais rouca nem lânguida quando falou.

— Uma estranha? *Um verme?* Você enlouqueceu, James?

— Ela não sabe nada de mim nem do Mundo das Sombras. Não quero infringir lei nenhuma. Só quero que ela fique bem.

Os olhos azuis oblíquos investigavam o rosto de James.

— Tem certeza de que já não infringiu as leis? — E, quando James pareceu decidido a não entender, ela acrescentou, num tom mais baixo: — Tem certeza de que não está apaixonado por ela?

James se obrigou a sustentar o olhar inquisitivo de Gisèle. Ele falou com suavidade e arriscadamente.

— Não diga isso se não quiser uma briga.

Gisèle desviou os olhos. Brincou com o anel. A chama da vela minguou e morreu.

— James, eu o conheço há um bom tempo — disse ela sem levantar a cabeça. — Não quero que se meta em problemas. Acredito em você quando diz que não infringiu nenhuma lei... Mas acho que nós dois devemos esquecer esta conversa. Saia agora e vou fingir que nunca aconteceu.

— E o feitiço?

— Isso não existe. E, se existisse, eu não ajudaria você. Vá embora.

James saiu.

Havia outra possibilidade em que ele podia pensar. Seguiu para Brentwood, uma área bem diferente da anterior, tão diferente quanto diamante do carvão. Parou em um estacionamento coberto perto de um curioso prédio de adobe com uma fonte. Buganvílias vermelhas e roxas trepavam pelas paredes até o telhado colonial espanhol.

Passando por uma entrada em arco até um pátio, ele deu em um escritório com letras douradas na porta. *Dr. Jasper R. Rasmussen*. O pai dele era psicólogo.

Antes que pudesse tocar a maçaneta, a porta se abriu e uma mulher saiu. Era parecida com a maioria das clientes do pai, de quarenta e poucos anos, obviamente rica, vestindo um *jogging* de grife e sandálias de salto alto.

Ela parecia meio tonta e sonhadora, e havia duas feridas pequenas que se curavam rapidamente no pescoço.

James entrou. Havia uma sala de espera, mas sem recepcionista. Os acordes de Mozart vinham do consultório. James bateu na porta.

— Pai?

A porta se abriu e revelou um homem bonito, de cabelos escuros. Vestia um terno cinza de corte perfeito e uma camisa com abotoaduras. Tinha uma aura de poder e propósito.

Mas não de calor humano.

— O que foi, James? — perguntou ele na mesma voz que usava para os clientes: atenciosa, decidida, confiante.

— Tem um minuto?

O pai olhou o Rolex.

— Na realidade, minha próxima paciente só chegará em meia hora.

— Preciso conversar sobre uma coisa.

O pai o olhou de um jeito penetrante e gesticulou para uma poltrona. James se acomodou confortavelmente, mas se viu afastando-se do encosto para ficar mais na beira.

— O que há em sua mente?

James procurou pelas palavras certas. Tudo dependia de conseguir que o pai entendesse. Mas quais eram as palavras certas? Por fim, decidiu ser franco.

— É a Poppy. Ela está doente há algum tempo e agora acham que tem câncer.

O Dr. Rasmussen ficou surpreso.

— Lamento saber disso. — Mas não havia tristeza em sua voz.

— É um câncer terrível. É incrivelmente doloroso e só 1% dos doentes se cura.

— Que pena. — Novamente não havia nada na voz do pai, apenas uma leve surpresa. E, de repente, James entendeu de onde vinha *isso*. Não era surpresa que Poppy estivesse doente; a surpresa era que James fosse até lá para contar a ele.

— Pai, se ela tiver esse câncer, ela está *morrendo*. Isso não significa nada para você?

O Dr. Rasmussen entrelaçou os dedos e observou o brilho da mesa de mogno. Falou lenta e firmemente.

— James, já passamos por isso. Você sabe que sua mãe e eu estamos preocupados por você ficar demais com Poppy. É demasiado... ligado a ela.

James sentiu uma onda de pura raiva.

— Como me liguei demais à Srta. Emma?

O pai nem piscou.

— Algo parecido.

James reprimiu as imagens que queriam se formar em sua mente. Agora não podia pensar na Srta. Emma; precisava manter a objetividade. Era a única maneira de convencer o pai.

— Pai, o que estou tentando dizer é que eu conheço Poppy a vida toda. Ela é útil para mim.

— Como? Não da maneira óbvia. Você nunca se alimentou dela, não é?

James engoliu em seco, sentindo-se nauseado. Me alimentar de Poppy? Usá-la dessa maneira? Até a ideia o deixava enojado.

— Pai, ela é minha amiga — disse ele, abandonando qualquer falsa objetividade. — Não posso vê-la sofrer. Não posso. Tenho que fazer alguma coisa.

A expressão do pai desanuviou.

— Entendo.

James sentiu uma vertigem de alívio e assombro.

— Você entende?

— James, às vezes não devemos evitar certa... compaixão pelos humanos. Em geral, eu não estimularia isso... Mas você *conhece mesmo* Poppy há muito tempo. Sente pena do sofrimento dela. E quer abreviar esse sofrimento, então, sim, eu entendo.

O alívio se espatifou em James. Ele olhou o pai por alguns segundos, depois disse com brandura:

— Morte misericordiosa? Pensei que os Anciãos tinham banido as mortes nessa área.

— Basta ser razoavelmente discreto. Desde que pareça natural, vamos todos fazer vista grossa. Não haveria motivo para apelar aos Anciãos.

Parecia haver metal na boca de James. Ele se levantou e deu uma risada curta.

— Obrigado, pai. Você foi de muita ajuda.

Não pareceu que o pai tivesse entendido o sarcasmo.

— É um prazer ajudar, James. A propósito, como estão as coisas nos apartamentos?

— Bem — disse James sem expressão.

— E na escola?

— As aulas acabaram, pai — disse James, saindo da sala.

No pátio, ele se encostou na parede de adobe e olhou a água jorrar da fonte.

Não tinha alternativa. Nenhuma esperança. Era o que diziam as leis do Mundo das Sombras.

Se Poppy tinha a doença, morreria dela.

Capítulo 4

Poppy olhava sem nenhum apetite a bandeja de jantar com nuggets de frango e fritas quando o Dr. Franklin entrou no quarto.

Os exames tinham acabado. Fora tudo tranquilo com o CAT scan, embora claustrofóbico, mas o ERCP tinha sido terrível. Poppy ainda podia sentir o fantasma do tubo na garganta sempre que engolia.

— Está deixando toda essa ótima comida de hospital — disse o Dr. Franklin com um humor gentil. Poppy conseguiu sorrir para ele.

Ele passou a falar de coisas amenas. Não disse nada sobre os resultados dos exames e Poppy não fazia ideia de quando deviam chegar. Mas ela desconfiava do Dr. Franklin. Alguma coisa nele, a gentileza com que afagava seu pé por baixo do lençol ou as sombras em volta dos olhos...

Quando ele sugeriu despreocupadamente que a mãe de Poppy podia querer "dar uma volta pelo corredor", a desconfiança de Poppy se cristalizou.

Ele ia contar a ela. Ele tinha os resultados, mas não queria que Poppy soubesse.

O plano fora bolado no mesmo instante. Ela bocejou e disse:

— Vai, mãe; estou meio sonolenta. — Depois se deitou de costas e fechou os olhos.

Assim que eles saíram, Poppy desceu da cama. Viu os dois de costas, andando pelo corredor e entrando por outra porta. Depois, com meias nos pés, seguiu-os em silêncio.

Prenderam-na por vários minutos na mesa da enfermagem.

— Só estou esticando as pernas — disse ela à enfermeira que a olhava de um jeito inquisitivo, e Poppy fingiu estar andando ao acaso. Quando a enfermeira pegou uma prancheta e entrou no quarto de um dos pacientes, Poppy disparou pelo corredor.

A sala no final do corredor era a sala de espera — ela já havia visto. Tinha uma TV e uma copa completa para o conforto dos parentes. A porta estava entreaberta e Poppy se aproximou de mansinho. Podia ouvir o ruído grave da voz do Dr. Franklin, mas não conseguia entender o que ele dizia.

Com muita cautela, Poppy se aproximou um pouco mais. Arriscou-se a olhar pela porta.

De pronto viu que não havia necessidade de cautela. Todos na sala estavam completamente ocupados.

O Dr. Franklin estava sentado em um dos sofás. Ao lado dele havia uma afro-americana de óculos com uma corrente no pescoço. Tinha o jaleco branco de médico.

No outro sofá estava o padrasto de Poppy, Cliff. O cabelo escuro normalmente perfeito estava meio desgrenhado, e o queixo de rocha tremia. Tinha o braço em volta da mãe de Poppy. O Dr. Franklin falava com os dois, a mão no ombro da mãe.

E a mãe de Poppy chorava.

Poppy recuou da porta.

Ah, meu Deus. Eu tenho a coisa.

Ela nunca vira a mãe chorar. Nem quando a avó de Poppy morreu nem durante o divórcio do pai. A especialidade da mãe era enfrentar as dificuldades; ela era a melhor guerreira que Poppy vira na vida.

Mas agora...

Eu tenho a coisa. Sem dúvida, tenho.

Ainda assim, talvez não fosse tão ruim. A mãe estava chocada, tudo bem; isso era natural. Mas não queria dizer que Poppy ia *morrer* ou coisa assim. Poppy tinha toda a medicina moderna a seu favor.

Ela ficou dizendo isso a si mesma enquanto se afastava da sala de espera.

Mas não se afastou com rapidez suficiente. Antes de sair do alcance do que diziam, ouviu a voz da mãe, elevada numa espécie de angústia:

— *Minha menina. Ah, minha menininha.*

Poppy ficou paralisada.

E depois Cliff, alto e com raiva:

— Está tentando me dizer que não há *nada*?

Poppy não conseguia sentir a própria respiração. Contra a própria vontade, ela voltou à porta.

— A Dra. Lofus é oncologista; e especialista nesse tipo de câncer. Ela pode explicar melhor do que eu — dizia o Dr. Franklin.

Depois apareceu uma nova voz: a outra médica. No início, Poppy só conseguiu pegar frases esparsas, que não pareciam *significar* nada; adenocarcinoma, oclusão venosa esplênica, Fase Três. Jargão médico. Depois, a Dra. Lofus disse:

— 42 —

— Para colocar com simplicidade, o problema é que o tumor se disseminou. Espalhou-se até o fígado e os nódulos linfáticos em volta do pâncreas. Isso significa que não pode ser removido... Não podemos operar.

— Mas a quimioterapia... — disse Cliff.

— Podemos tentar uma combinação de radiação e quimioterapia com uma substância chamada 5-fluorouracil. Obtivemos alguns resultados com isso. Na melhor das hipóteses, pode aumentar o tempo de sobrevida em algumas semanas. A essa altura, vamos usar medidas paliativas... Maneiras de reduzir a dor e melhorar a qualidade do tempo que lhe resta. Vocês entenderam?

Poppy podia ouvir o choro sufocado da mãe, mas não conseguia se mexer. Parecia que estava ouvindo radionovela. Como se não tivesse nada a ver com ela.

— Temos alguns protocolos de pesquisa aqui mesmo, no sul da Califórnia — disse o Dr. Franklin. — Estão experimentando com imunoterapia e cirurgia criogênica. Quero ressaltar que estamos falando de paliativos, e não de uma cura...

— Mas que merda! — A voz de Cliff foi explosiva. — Está falando de uma *menininha*! Como isso chegou ao... à Fase Três... sem que ninguém percebesse? Há apenas dois dias essa garota passou a noite toda dançando.

— Sr. Hilgard, eu lamento — disse a Dra. Lofus com tanta brandura que Poppy mal conseguiu pegar as palavras. — Esse tipo de câncer é chamado de doença silenciosa, porque pouquíssimos sintomas aparecem antes que esteja muito avançada. Por isso o índice de sobrevivência é tão baixo. E preciso lhe dizer que Poppy é apenas a segunda adolescente que vejo com esse tipo de tumor. O Dr. Franklin fez um

— 43 —

diagnóstico extremamente preciso quando decidiu encaminhá-la para exames.

— *Eu* devia saber — disse a mãe de Poppy com a voz embargada. — Devia ter trazido para exames antes. Eu devia... Eu devia...

Houve uma batida. Poppy olhou pela porta, esquecendo-se de ficar disfarçada. A mãe batia na mesa de fórmica sem parar. Cliff tentava impedi-la.

Poppy cambaleou para trás.

Ah, meu Deus, preciso sair daqui. Não posso ver isso. Não posso olhar para isso.

Ela se virou e voltou pelo corredor. Suas pernas se mexiam. Como sempre. Era incrível que ainda funcionassem.

E tudo em volta dela estava como sempre fora. A mesa de enfermagem ainda estava decorada para o 4 de julho. Sua mala ainda estava no assento acolchoado da janela em seu quarto. O piso de madeira ainda era sólido sob seus pés.

Tudo estava igual — mas como podia? Como as paredes ainda estavam de pé? Como a TV podia estar berrando no quarto ao lado?

Eu vou morrer, pensou Poppy.

Estranhamente, ela não teve medo. O que sentiu foi uma surpresa imensa. E a surpresa continuava vindo, sem parar, a cada pensamento interrompido por essas três palavras.

É minha culpa porque (eu vou morrer) eu não fui ao médico antes.

Cliff disse "merda" por mim (eu vou morrer). Não sabia que gostava de mim a ponto de xingar.

A mente de Poppy disparava, descontrolada.

Alguma coisa dentro *de mim*, pensou ela. Eu vou morrer por causa de alguma coisa que está *dentro* de mim, como aquele alien do filme. Está em mim agora. Neste exato momento.

Ela pôs as mãos na barriga, depois puxou a camiseta para cima, olhando o abdome. A pele era lisa, sem marcas. Não sentia dor alguma.

Mas está ali e eu vou morrer por causa dela. Vou morrer logo. Logo quando? Não ouvi ninguém falando disso.

Eu preciso de James.

Poppy pegou o telefone com a sensação de que a mão não estava ligada ao corpo. Ela discou, pensando: *Por favor, atenda.*

Mas dessa vez não deu certo. O telefone tocou sem parar. Quando a secretária eletrônica entrou, Poppy disse:

— Me liga, estou no hospital. — Depois ela desligou e olhou o jarro plástico de água gelada na mesa de cabeceira.

Ele vai pegar o recado, pensou ela, *e vai me ligar. Só tenho que esperar até lá.*

Poppy não sabia por que pensava nisso, mas de repente esse era o seu objetivo. Esperar até poder conversar com James. Até lá, não precisava pensar em nada; só precisava sobreviver. Depois que falasse com James poderia pensar no que devia estar sentindo, no que devia *fazer* agora.

Houve uma leve batida na porta. Sobressaltada, Poppy olhou e viu a mãe e Cliff. Por um momento, só conseguiu se concentrar na expressão dos dois, o que lhe deu a estranha ilusão de que os rostos flutuavam no ar.

Ah, meu Deus, eles vão me contar? Não podem; não podem me obrigar a ouvir isso.

Poppy teve o impulso louco de fugir. Estava à beira do pânico.

Mas a mãe disse:

— Meu amor, alguns amigos seus vieram ver você. Phil ligou para eles esta tarde para contar que você estava no hospital e eles acabaram de chegar.

James, pensou Poppy, sentindo algo se libertar no peito. Mas James não fazia parte do grupo que entrou espremido pela porta. Era principalmente de meninas da escola.

Isso não importava. Ele ligará mais tarde. Não tenho que pensar nisso agora.

Na realidade, era impossível pensar com tantas visitas no quarto. E isso era bom. Era incrível que Poppy pudesse ficar sentada ali e conversar quando parte dela estava mais longe do que Netuno, mas ela *conversou* e isso manteve seu cérebro desligado.

Nenhum deles tinha a menor ideia de que alguma coisa grave estava acontecendo com ela. Nem mesmo Phil, que estava em seu humor mais fraterno, muito gentil e cheio de consideração. Eles falaram de coisas comuns, de festas e patinação, música e livros. Coisas da antiga vida de Poppy, que de repente parecia ter acontecido havia uns cem anos.

Cliff falou também, mais gentil do que foi desde os dias em que paquerava a mãe de Poppy.

Mas, por fim, as visitas foram embora e a mãe de Poppy ficou. De vez em quando, segurava a filha com as mãos ligeiramente trêmulas. *Se eu não soubesse antes, saberia agora*, pensou Poppy. Ela não está agindo como a mãe que eu conheço.

— Acho que vou passar a noite aqui — disse a mãe. Não conseguiu parecer despreocupada. — A enfermeira disse que posso dormir no banco da janela; na realidade, é um sofá para os pais. Só estou tentando decidir se vou correndo em casa pegar umas coisas.

— Vá, sim — disse Poppy. Não havia mais nada que pudesse dizer e ainda fingir que não sabia. Além de tudo, a mãe, sem dúvida, precisava de um tempo para si mesma, longe de tudo isso.

Assim que a mãe saiu, entrou uma enfermeira de blusa florida e calça verde de hospital para medir a temperatura e a pressão de Poppy. Depois, Poppy ficou sozinha.

Era tarde. Ela ainda podia ouvir a TV, mas era distante. A porta estava entreaberta, mas o corredor estava escuro. Um silêncio pareceu ter caído na ala.

Ela se sentia *muito* sozinha e a dor roía por dentro, no fundo. Por baixo da pele macia do abdome, o tumor se fazia conhecer.

Pior de tudo: James não telefonara. Como podia? Ele não sabia que ela precisava dele?

Ela não sabia bem quanto tempo podia continuar sem pensar na Coisa.

Talvez fosse melhor tentar dormir. Ficar inconsciente. Assim não *conseguiria* pensar.

Mas, logo que apagou a luz e fechou os olhos, fantasmas giraram em volta dela. Não imagens de meninas bonitas e carecas; esqueletos. Caixões. E, permeando tudo, uma escuridão infinita.

Se eu morrer, eu não *ficarei* aqui. Irei para algum lugar? Ou simplesmente Não Existirei?

Essa era a coisa mais apavorante que ela já imaginara: o Não Ser. E agora estava pensando; não conseguia evitar. Ela perdera o controle. Um medo galopante a consumia, a fazia tremer sob o lençol áspero e os cobertores finos. *Eu vou morrer, eu vou morrer, eu vou morrer...*

— Poppy.

Seus olhos se abriram de imediato. Por um segundo, ela não conseguiu identificar a silhueta negra no quarto escuro. Teve a ideia desvairada de que era a Morte vindo buscá-la.

— *James?*

— Eu não sabia se você estava dormindo.

Poppy estendeu a mão para o botão na mesa de cabeceira e acendeu a luz, mas James disse:

— Não. Deixe apagada. Tive que passar escondido pelas enfermeiras e não quero que elas me expulsem.

Poppy engoliu em seco, as mãos agarrando uma dobra do cobertor.

— Que bom que você veio — disse ela. — Achei que não viria. — O que ela realmente queria era se atirar nos braços dele, chorar e gritar.

Mas não fez isso. Não só nunca tinha feito nada parecido com ele; era algo *nele* que a impedia. Algo que ela não conseguia identificar, mas que a fazia se sentir quase... temerosa.

Era o jeito com que estava parado? O fato de que ela não conseguia ver seu rosto? Só o que Poppy sabia era que James de repente parecia um estranho.

Ele se virou e, muito lentamente, fechou a porta pesada.

Escuridão. Agora a única luz era a que entrava pela janela. Poppy se sentiu curiosamente isolada do hospital, do resto do mundo.

E isso devia ser bom: ficar sozinha com James, protegida de todos os outros. Se ao menos ela não tivesse a estranha sensação de que não o reconhecia.

— Você sabe os resultados dos exames — disse ele em voz baixa. Não era uma pergunta.

— Minha mãe não sabe que eu sei — disse Poppy. Como podia falar com coerência quando só tinha vontade de gritar? — Eu ouvi os médicos contando a ela... James, eu tenho a coisa. E... é péssimo; é um câncer maligno. Disseram que já se espalhou. Eles disseram que eu vou... — Ela não conseguiu chegar à última palavra, embora estivesse gritando em sua mente.

— Você vai morrer — disse James. Ele ainda estava muito tranquilo e centrado. Distante.

— Eu li sobre isso — continuou James, andando até a janela e olhando para fora. — Sei da gravidade. Os artigos diziam que havia muita dor. Uma dor aguda.

— James... — Poppy ofegou.

— Às vezes eles têm de operar só para tentar deter a dor. Mas, o que quer que façam, não vai salvar você. Eles podem te encher de química e irradiar seu corpo, e ainda assim você vai morrer. Provavelmente antes do final do verão.

— James...

— Será seu último verão...

— *James, pelo amor de Deus!* — Foi quase um grito. Poppy respirava em golfadas trêmulas, agarrada aos cobertores. — Por que está fazendo isso comigo?

Ele se virou e, num único movimento pegou seu pulso, os dedos se fechando na pulseira de plástico do hospital.

— Quero que entenda que eles não podem te ajudar — disse ele, áspero e intenso. — Você entende isso?

— *Sim*, eu entendo — disse Poppy. Ela podia ouvir a histeria crescendo na própria voz. — Mas você veio aqui para me dizer isso? Quer me *matar*?

Os dedos de James se fechavam dolorosamente.

— Não! Eu quero salvar você. — Depois ele soltou a respiração e repetiu a frase num tom mais baixo, mas sem perder a intensidade. — Eu quero salvar você, Poppy.

— 49 —

Poppy passou alguns instantes levando ar aos pulmões. Era difícil fazer isso sem se desmanchar em prantos.

— Bem, mas você não pode — disse ela por fim. — Ninguém pode.

— É aí que está enganada. — Lentamente, ele soltou o pulso dela e segurou a grade da cama. — Poppy, tem uma coisa que preciso te contar. Uma coisa sobre mim.

— James... — Agora Poppy conseguia respirar, mas não sabia o que dizer. Pelo que podia entender, James tinha enlouquecido. De certo modo, se tudo o mais não fosse tão terrível, ela podia ficar lisonjeada. James tinha perdido a frieza costumeira... por ela. Estava perturbado o bastante com sua situação para ficar totalmente incoerente.

— Você se importa de verdade — disse ela com brandura, com um riso que era quase um choro. Ela segurou a mão dele, pousada na grade.

Ele soltou uma risada curta. Sua mão se virou e agarrou a dela com certa brutalidade; depois ele se afastou.

— Você nem faz ideia — disse ele numa voz tensa e áspera. — Acha que sabe tudo de mim, mas não sabe — acrescentou, olhando pela janela. — Há uma coisa muito importante que você não sabe.

Mas agora Poppy se sentia meio entorpecida. Não conseguia entender por que James continuava falando de si mesmo, quando *ela* é que ia morrer. Mas ela tentou conjurar uma espécie de gentileza por ele ao falar.

— Pode me contar tudo. Você sabe disso.

— Mas é uma coisa em que você não vai acreditar. Sem contar que é uma infração às leis.

— Lei?

— Leis. Sigo leis diferentes das suas. As leis humanas não significam muito para nós, mas as nossas não podem ser quebradas.

— James... — disse Poppy, apavorada e perplexa. Ele realmente *estava* perdendo o juízo.

— Não sei como dizer isso direito. Me sinto como alguém num filme de terror vagabundo. — Ele deu de ombros e disse sem se virar: — Sei como isso parece, mas... Poppy, eu sou um vampiro.

Poppy ficou imóvel na cama por um momento. Depois tateou desvairada a mesa de cabeceira. Seus dedos se fecharam em uma pilha de pequenas bacias de plástico curvadas, que ela atirou nele.

— Seu *canalha*! — gritou ela, procurando outra coisa para jogar.

Capítulo 5

James se esquivou quando Poppy jogou um livro.

— Poppy...

— Idiota! Sua víbora! Como pode *fazer* isso comigo? Seu mimadinho, egoísta, imaturo...

— *Shhhh!* Eles vão te ouvir...

— Que ouçam! Aqui estou eu, acabo de descobrir que vou *morrer*, e você só consegue pensar em fazer piada de mim. Uma piada idiota e doentia. Nem *acredito* nisso. Acha que é *engraçado?* — Ela ficou sem fôlego. James, que gesticulava para que ela se calasse, agora desistiu e olhou o chão.

— Lá vem a enfermeira — disse ele.

— Ótimo, e vou pedir a ela para te *expulsar* — disse Poppy. Sua raiva desmoronara, deixando-a quase às lágrimas. Ela nunca se sentira tão completamente traída e abandonada. — Eu te odeio, sabia? — disse ela.

A porta se abriu. Era a enfermeira de blusa florida e calças verdes.

— Algum problema por aqui? — disse ela, acendendo a luz. Depois viu James. — Ora, ora; você não parece da família — disse. Ela sorria, mas sua voz tinha o tom da autoridade que devia ser obedecida.

— Não é e quero que ele saia daqui — disse Poppy.

A enfermeira afofou os travesseiros de Poppy, colocando a mão com suavidade em sua testa.

— Só os familiares podem passar a noite aqui — disse ela a James.

Poppy olhou a TV e esperou que James fosse embora. Ele não saiu. Contornou a cama para ficar perto da enfermeira, que o olhava enquanto continuava a ajeitar os cobertores de Poppy. Depois o ritmo de suas mãos diminuiu e ela parou de se mexer.

Poppy a olhou de lado, surpresa.

A enfermeira limitava-se a encarar James. Com as mãos moles nos cobertores, ela o olhava como se estivesse hipnotizada.

E James retribuía o olhar. Com a luz acesa, Poppy pôde ver o rosto de James — e de novo teve a estranha sensação de não reconhecê-lo. Ele estava muito pálido e com uma expressão quase severa, como se estivesse fazendo alguma coisa que exigia esforço. O queixo estava rígido e os olhos... os olhos eram cor de prata. Prata de verdade, brilhando sob a luz.

Por algum motivo, Poppy pensou em uma pantera faminta.

— Então está vendo que não há problema nenhum aqui — disse James à enfermeira, como se continuasse uma conversa.

A enfermeira piscou uma vez, em seguida olhou o quarto como se tivesse acabado de despertar de um torpor.

— Não, não; está tudo bem — disse ela. — Me chame se... — ela pareceu distraída novamente por pouco tempo, depois murmurou: — Se, *humm*, precisar de alguma coisa.

Ela saiu. Poppy a olhou, esquecendo-se de respirar. Depois, lentamente, movendo apenas os olhos, fitou James.

— Sei que é um clichê — disse James. — Uma demonstração batida de poder. Mas cumpre sua função.

— Você combinou isso com ela — disse Poppy num sussurro que mal era audível.

— Não.

— Ou é algum truque paranormal. O Incrível Seilaoquê.

— Não — disse James, sentando-se em uma cadeira de plástico laranja.

— Então eu estou ficando *louca*. — Pela primeira vez naquela noite, Poppy não estava pensando em sua doença. Não conseguia pensar direito em nada; sua mente era um turbilhão, uma confusão. Sentia-se como a casa de Dorothy depois de ser apanhada pelo tornado.

— Você não é louca. Devo ter feito isso do jeito errado; eu disse que não sabia como explicar. Olha, sei que é difícil para você acreditar. Meu povo *quis* assim; eles fazem o que podem para que os humanos continuem descrentes. A vida deles depende disso.

— James, desculpe; eu só... — Poppy descobriu que suas mãos tremiam. Ela fechou os olhos. — Talvez seja melhor só...

— Poppy, *olhe para mim*. Estou te contando a verdade. Eu juro. — Ele a fitou no rosto por um instante, depois soltou a respiração. — Muito bem. Eu não queria fazer isso, mas...

James se levantou, inclinando-se para perto de Poppy. Ela se recusou a se retrair, mas podia sentir os próprios olhos se arregalando.

— Agora olhe — disse ele, e seus lábios recuaram nos dentes.

Um gesto simples — mas o efeito foi espantoso. Transformador. Nesse instante, ele deixou de ser o James pálido e comum de um segundo antes — e se transformou em algo que Poppy nunca vira na vida. Uma espécie de ser humano diferente.

Os olhos de James faiscavam prateados e todo o rosto assumiu uma expressão de predador. Mas Poppy mal percebeu isso; estava encarando os dentes dele.

Não eram dentes. Eram presas. Ele tinha caninos como de um felino. Alongados e curvos, terminando em pontas finas e penetrantes.

Nada parecidos com as presas falsas vendidas nas lojas. Eram muito fortes, afiados e reais.

Poppy gritou.

James pôs a mão em sua boca.

— Não queremos que a enfermeira volte.

— Ah, meu Deus; ah, meu *Deus*... — disse Poppy quando James tirou a mão.

— Todas as vezes em que você disse que eu podia ler sua mente — disse James. — Lembra? E as vezes em que eu ouvia coisas que você não escutava, ou me movia mais rápido do que você?

— Ah, meu Deus.

— É verdade, Poppy. — Ele pegou a cadeira laranja e torceu uma das pernas de metal. Fez isso com facilidade, com graça. — Somos mais fortes do que os humanos — continuou. James consertou a perna com uma torcida e baixou a cadeira.

— Enxergamos melhor no escuro. Fomos feitos para caçar.

Poppy enfim conseguiu apreender toda a ideia.

— Não ligo para *o que* você pode fazer — disse ela num tom estridente. — Não pode ser um vampiro. Eu te conheço desde que tínhamos *cinco anos*. E você envelheceu a cada ano, como eu. Explique *isso*.

— Tudo o que você sabe está errado. — Quando ela se limitou a olhá-lo, ele suspirou novamente e disse: — Tudo o que acha que sabe sobre os vampiros, você tirou dos livros ou da televisão. E tudo foi escrito por humanos, posso lhe garantir. Ninguém do Mundo das Sombras quebraria o código de sigilo.

— O Mundo das Sombras. Onde fica o Mundo de Sombras?

— Não é um lugar. É como uma sociedade secreta... De vampiros, bruxos e lobisomens. Os melhores. Vou explicar isso mais tarde — disse James melancolicamente. — Por ora... olha, é simples. Sou um vampiro porque meus pais são vampiros. Eu *nasci* assim. Éramos os lâmias.

Poppy só conseguia pensar no Sr. e na Sra. Rasmussen com sua casa luxuosa estilo rancho e a Mercedes dourada.

— Seus *pais*?

— *Lâmias* é só uma palavra antiga para vampiros, mas, para nós, significa os que nasceram assim — disse James, ignorando-a. — Nós nascemos e envelhecemos como os humanos... Só que podemos parar de envelhecer quando quisermos. Nós respiramos. Andamos à luz do dia. Podemos ingerir comida comum.

— Seus pais... — disse Poppy de novo, com a voz fraca. Ele a olhou.

— É. Meus pais. Olha, por que acha que minha mãe faz decoração de interiores? Não é porque precise de dinheiro. Ela conhece muita gente assim, e meu pai também, o analista da alta sociedade. Só precisam de alguns minutos a sós com alguém, e o humano jamais se lembra disso depois.

Poppy se remexeu, pouco à vontade.

— Então você, *hummm*, bebe o sangue das pessoas, hein? — Mesmo depois de tudo o que viu, ela não conseguia dizer isso sem rir.

James olhou os cadarços dos tênis Adidas.

— Sim. Sim, eu bebo — disse ele com brandura. Depois levantou a cabeça e fitou-a nos olhos.

Os olhos de James eram prata pura.

Poppy recostou-se na pilha de travesseiros da cama. Talvez fosse mais fácil acreditar nele porque o inacreditável já havia acontecido com ela. A realidade já estava de pernas para o ar — então, francamente, o que importava mais uma loucura?

Vou morrer e meu melhor amigo é um monstro sanguessuga, pensou ela.

A discussão tinha acabado e Poppy estava esgotada. Ela e James se olharam em silêncio.

— Tudo bem — disse ela por fim, e isso englobava tudo o que acabara de perceber.

— Eu não te contei isso só para desabafar — disse James, a voz ainda baixa. — Eu disse que podia te salvar, lembra?

— Vagamente... — Poppy piscou devagar, depois disse mais incisivamente: — Me salvar como?

O olhar dele foi para o ar.

— Como você está pensando.

— Jamie, eu não *consigo* mais pensar.

Gentilmente, sem olhar para Poppy, ele pôs a mão na pele dela por baixo do cobertor. Ele sacudiu a perna dela um pouco, em um gesto de afeto.

— Vou transformar você em vampira, menina.

Poppy pôs os dois punhos na cara e começou a chorar.

— Ei! — Ele tirou a mão da perna de Poppy e pôs um braço desajeitado em volta dela, puxando-a para que se sentasse ereta. — Não fique assim. Está tudo bem. É melhor do que a alternativa.

— Você... pirou... de vez! — Poppy soluçava. Depois que começaram, as lágrimas saíam com tanta facilidade... Poppy não conseguia detê-las. Era reconfortante chorar e ser abraçada por James. Ele parecia forte, confiável e tinha um cheiro bom.

— Você disse que tem que nascer assim — acrescentou ela com a voz embargada, entre soluços.

— Não, não disse. Eu disse que *eu* nasci assim. Existem muitos do outro tipo por aí. Os vampiros feitos. Haveria mais, mas há uma lei contra transformar qualquer idiota das ruas num deles.

— Mas eu *não posso*. Sou o que sou; eu sou *eu*. Não posso ser... desse jeito.

Ele a afastou com gentileza para olhar em seu rosto.

— Então você vai morrer. Não tem outra opção. Eu verifiquei... Até consultei uma bruxa. Não há outra coisa no Mundo das Sombras que possa ajudar você. A questão é simplesmente a seguinte: você quer viver ou não?

A mente de Poppy, que, de novo, se atolava em confusão, de repente se fixou nessa pergunta. Era como um facho de lanterna em uma sala negra como breu.

Ela queria viver?

Ah, Deus, *é claro* que queria.

Até hoje Poppy achava que viver era seu *direito* incondicional. Ela nem fora grata pelo privilégio. Mas agora sabia que não havia garantia nenhuma, e também sabia que era uma coisa pela qual tinha de lutar.

Acorde, Poppy! A voz da razão a chama. Ele disse que pode salvar sua vida.

— Peraí um minutinho. Preciso pensar — disse Poppy com firmeza a James. Suas lágrimas tinham cessado. Ela o empurrou e olhou atentamente o lençol branco do hospital.

Tudo bem. Tudo bem. Agora bote a cabeça para funcionar, garota.

Você sabia que James tinha um segredo. Então nunca imaginou que era algo assim, mas e daí? Ele ainda é o James. Pode ser um amigo morto-vivo medonho, mas ainda gosta de você. E ninguém mais pode ajudá-la.

Ela se pegou segurando a mão de James sem olhar para ele.

— Como é? — perguntou ela entredentes.

Com firmeza e categoricamente, ele disse:

— É diferente. Não é algo que eu recomendaria se houvesse alternativa, mas... Está tudo bem. Você vai ficar doente enquanto seu corpo estiver se transformando, mas depois nunca mais terá mais doença nenhuma. Será forte e rápida... E imortal.

— Eu viveria para sempre? Mas poderia parar de envelhecer? — Poppy se imaginava uma imortal caquética.

Ele fez uma careta.

— Poppy... Você pararia de envelhecer *agora*. É o que acontece com os vampiros feitos. Essencialmente, você está *morrendo* como mortal. Vai parecer morta e ficar inconsciente por um tempo. E depois... vai despertar.

— Sei. — *Meio como Julieta na tumba*, pensou Poppy. E depois ela lembrou: *Ah, meu Deus... Mamãe e Phil...*

— Tem outra coisa que você precisa saber — dizia James.

— Certa porcentagem de pessoas não consegue.

— 59 —

— Não consegue?

— Passar pela transformação. Gente com mais de 20 anos quase nunca consegue. Eles *nunca* despertam. O corpo não consegue se adaptar à nova forma e queima. Em geral, os adolescentes passam vivos por isso, mas nem sempre.

Estranhamente, era reconfortante para Poppy. Uma esperança limitada parecia mais crível do que esperança nenhuma. Para viver, ela teria de se arriscar.

Ela olhou para James.

— Como vai fazer isso?

— Da forma tradicional — disse ele com a sombra de um sorriso. Depois, com gravidade: — Nós trocamos sangue.

Ah, que ótimo, pensou Poppy. *E eu que tinha medo de uma simples injeção. Agora vou ter meu sangue sugado por presas.* Ela engoliu em seco e piscou, encarando o vazio.

— A decisão é sua, Poppy. É com você.

— Eu quero viver, Jamie — disse ela, depois de uma longa pausa.

Ele assentiu.

— Vai significar se afastar daqui. Deixar seus pais. Eles não podem saber.

— É, isso eu percebi. É meio como ganhar uma nova identidade do FBI, né?

— Mais do que isso. Você vai viver num novo mundo, o Mundo das Sombras. E é um mundo solitário, cheio de segredos. Mas você andará nele, em vez de ficar debaixo da terra. — Ele apertou a mão dela. Depois disse, num tom muito baixo e sério: — Quer começar agora?

Só o que Poppy conseguiu pensar em fazer foi fechar os olhos e se preparar como se fosse tomar uma injeção.

— Estou pronta — disse ela entre os lábios rígidos.

James riu de novo — dessa vez não parecia conseguir evitar. Depois, baixou a grade da cama e se acomodou ao lado dela.

— Eu costumava hipnotizar as pessoas quando fazia isso. É estranho com você acordada.

— É, bom... se eu gritar, você pode me hipnotizar — disse Poppy, sem abrir os olhos.

Relaxe, disse ela a si mesma com firmeza. *Não importa quanto doer, não importa que seja medonho, você pode lidar com isso. Precisa lidar com isso. Sua vida depende disso.*

O coração de Poppy batia com força suficiente para sacudir seu corpo.

— Bem aqui — disse James, tocando o pescoço dela com os dedos frios como se sentisse a pulsação.

Faça logo, pensou Poppy. *Acabe logo com isso.*

Ela podia sentir calor enquanto James se inclinava para ela, pegando-a com cuidado pelos ombros. Cada terminação nervosa em sua pele estava consciente dele. Depois, ela sentiu o hálito frio no pescoço e, rapidamente, antes que pudesse se retrair, duas pontadas.

As presas, cravando na carne. Criando duas feridas pequenas para que ele pudesse beber seu sangue...

Agora vai doer de verdade, pensou Poppy. Ela não conseguia mais ficar firme. Sua vida estava nas mãos de um caçador. Ela era um coelho preso nos anéis de uma serpente, um camundongo sob as garras de um gato. Não se sentia a melhor amiga de James; sentia-se o *almoço...*

Poppy, o que está fazendo? Não lute. Dói quando você resiste.

James falava com ela — mas a boca quente em seu pescoço não se mexia. A voz estava em sua cabeça.

Não estou resistindo, pensou Poppy. *Só estou preparada para a dor, é só isso.*

Houve uma ardência onde os dentes penetraram. Ela esperou que piorasse — mas não aconteceu. A sensação mudou.

Ah, pensou Poppy.

A sensação de calor era muito agradável. Uma libertação, uma doação.

E proximidade. Ela e James ficavam cada vez mais próximos, como duas gotas de água correndo juntas até se fundirem.

Ela podia sentir a mente de James. Os pensamentos dele — e suas sensações. As emoções fluíram para ela, através dela. Ternura... Preocupação... Carinho. Uma raiva negra e fria pela doença que a ameaçava. Desespero por não haver outra forma de ajudá-la. E desejo — o desejo de partilhar com ela, de fazê-la feliz.

Sim, pensou Poppy.

Uma onda de doçura a deixou tonta. Ela se viu procurando a mão de James, os dedos se entrelaçando.

James, pensou ela com admiração e alegria. Sua comunicação com ele, uma carícia insegura.

Poppy. Ela podia sentir a surpresa e o prazer de James.

E o prazer onírico não parava de crescer. Fazendo Poppy tremer com sua intensidade.

Como eu pude ser tão idiota, pensou Poppy. *Ter medo disso. Não é terrível. É... o certo.*

Ela nunca fora tão próxima de alguém. Era como se eles fossem um só ser, juntos — não predador e presa, mas parceiros numa dança. Poppy-e-James.

Poppy podia tocar a alma dele.

Era estranho, mas *ele* estava com medo. Ela podia sentir.

Poppy, não... Tantas coisas sombrias... Não quero que veja...

Sombrio, sim, pensou Poppy. Mas não sombrio e terrível; sombrio e solitário. Como a completa solidão. Uma sensação de não pertencer a nenhum dos dois mundos que ele conhecia. Não pertencer a lugar nenhum. A não ser...

De repente, Poppy estava vendo uma imagem de si mesma Na mente dele, ela era frágil e graciosa, um espírito de olhos esmeralda, feito de ar. Uma sílfide — com uma essência de aço.

Eu não sou assim, pensou ela. *Não sou alta nem bonita como Jacklyn ou Michaela...*

A resposta que ela ouviu não parecia dirigida a ela — Poppy tinha a sensação de que era algo que James pensava consigo mesmo, ou se lembrava de um livro havia muito esquecido.

Não se ama uma mulher por sua beleza. Ama-se porque ela canta uma música que só você pode entender...

Com o pensamento veio uma forte sensação de proteção. Então era isso o que James sentia por ela — ela enfim sabia. Como se ela fosse uma coisa preciosa, algo a ser protegido a todo custo...

A todo custo. O que quer que acontecesse com ele. Poppy tentou seguir o pensamento mais fundo na mente de James para descobrir o que significava. Ela teve uma impressão de regras... Não, *leis*...

Poppy, é falta de educação vasculhar a mente de alguém quando não é convidada. As palavras eram tingidas de desespero.

Poppy recuou mentalmente. Não pretendia xeretar. Só queria ajudar...

Eu sei, o pensamento de James chegou a ela, e com ele uma onda de calor e gratidão. Poppy relaxou e simplesmente desfrutou da sensação de unidade com James.

Eu queria que isso durasse para sempre, pensou ela — e foi aí que parou. O calor em seu pescoço desapareceu e James se afastou, endireitando-se.

Poppy soltou um grunhido de protesto e tentou puxá-lo de volta. Ele não deixou.

— Não... Há outra coisa que temos de fazer — cochichou ele. Mas ele não faria outra coisa. Ele só a segurou; os lábios em sua testa. Poppy sentia-se pacífica e lânguida.

— Você não me disse que seria assim — disse ela.

— Eu não sabia — respondeu James simplesmente. — Nunca foi assim.

Eles ficaram sentados em silêncio, com James afagando gentilmente o cabelo dela.

Que estranho, pensou Poppy. Tudo estava igual — mas tudo era diferente. Era como se ela tivesse pisado em terra seca depois de quase se afogar no mar. O pavor que palpitou o dia todo dentro dela desapareceu, e, pela primeira vez na vida, ela se sentia inteiramente segura.

Depois de mais ou menos um minuto, James balançou a cabeça, levantando-se.

— O que mais temos que fazer? — perguntou Poppy.

Em resposta, James levou o próprio pulso à boca. Fez um movimento rápido com a cabeça, como se rasgasse uma tira de tecido com os dentes.

Quando baixou o pulso, Poppy viu sangue.

Escorria em um pequeno regato pelo braço. Tão vermelho que quase não parecia real.

Poppy engoliu em seco e balançou a cabeça.

— Não é tão ruim — disse James suavemente. — E você precisa fazer isso. Sem meu sangue em você, não se tornará uma vampira quando morrer, você simplesmente vai *morrer*. Como qualquer outra vítima humana.

E eu quero viver, pensou Poppy. *Então, tudo bem.* Fechando os olhos, ela deixou que James guiasse sua cabeça até o pulso dele.

Não tinha gosto de sangue, ou pelo menos não como o sangue que ela sentia quando mordia a língua ou colocava um dedo cortado na boca. Tinha um gosto... estranho. Suculento e potente.

Como um elixir mágico, pensou Poppy, tonta. E, mais uma vez, sentiu o toque da mente de James. Inebriada com a proximidade, continuou bebendo.

Isso mesmo. Você precisa beber muito, disse James a ela. Mas sua voz mental era mais fraca do que antes. De imediato, Poppy sentiu uma onda de alarme.

Mas o que isso vai fazer com você?

— Eu vou ficar bem — disse James em voz alta. — É com você que me preocupo. Se não beber o suficiente, vai ficar em perigo.

Bem, o especialista era ele. E Poppy estava feliz em deixar que a poção estranha e inebriante continuasse fluindo para dentro. Ela se aqueceu no sol que parecia iluminá-la de dentro para fora. Sentia-se tão tranquila, tão calma...

Mas, de repente, a calma se espatifou. Uma voz a interrompeu; uma voz cheia de surpresa áspera.

— Mas o que está *fazendo*? — disse a voz, e Poppy levantou a cabeça, vendo Phillip na soleira da porta.

Capítulo 6

James agiu rapidamente. Pegou o copo de plástico na mesa de cabeceira e entregou a Poppy. Ela entendeu. Tonta e descoordenada, ela tomou um saudável gole de água e lambeu os lábios para limpar quaisquer vestígios de sangue.

— O que você está *fazendo*? — repetiu Phillip, entrando no quarto. Os olhos estavam fixos em James, o que era bom, porque Poppy tentava se posicionar para esconder a parte do pescoço que James tinha mordido.

— Não é da sua conta — disse ela, e, no mesmo instante, entendeu que fora um erro. Phillip, cujo segundo nome era Estabilidade, parecia distintamente instável esta noite.

A mamãe contou a ele, pensou Poppy.

— Quero dizer, não estamos fazendo *nada* — continuou ela. Não adiantou. Phil claramente estava disposto a ver tudo no mundo como uma ameaça à irmã. E Poppy não podia culpá-lo: ele encontrara os dois num estranho abraço em um leito amarrotado de hospital.

— 66 —

— James estava me reconfortando porque estou com medo — disse Poppy. Ela nem tentou explicar por que James aninhava sua cabeça no braço. Mas olhou disfarçadamente o braço de James e viu que a ferida ali já havia se fechado; a marca sumira.

— Está tudo bem — disse James, levantando-se para fixar um olhar prateado e hipnótico em Phillip. Mas Phil mal olhou para ele. Encarava Poppy.

Não está dando certo, pensou Poppy. *Talvez Phil esteja chateado demais para ser hipnotizado. Ou é* teimoso *demais.*

Com os olhos, ela fez uma pergunta a James, que respondeu com um balançar de cabeça que mal era discernível. Ele também não sabia qual era o problema.

Mas os dois entendiam o que significava. James teria de ir embora. Poppy se sentiu traída e frustrada. Só o que queria era conversar com James, alegrar-se na nova descoberta um do outro — e não podia. Não com Phil no quarto.

— Aliás, como entrou aqui? — perguntou ela com irritação.

— Eu trouxe a mamãe de carro. Você sabe que ela não gosta de dirigir à noite. E trouxe isto. — Ele balançou o som portátil para a mesa de cabeceira. — E isto. — Ele pôs uma caixa preta de CD ao lado. — Todas as suas músicas preferidas.

Poppy sentiu a raiva se esvair.

— Que amor... — disse. Ela ficou comovida, em especial porque Phil não disse "todas as suas músicas *esquisitas* preferidas", como em geral se referia a elas. — Obrigada.

Phil deu de ombros, fechando a carranca para James.

Coitado do Phil, pensou Poppy. *O irmão estava desgrenhado. E os olhos, inchados.*

— 67 —

— Cadê a mamãe? — ela começava a dizer, quando a mãe entrou.

— Voltei, meu amor — disse a mãe, com um sorriso animado crível. Depois pareceu surpresa. — James... Que gentileza a sua ter vindo.

— É, mas ele já está indo embora — disse Phil incisivamente. — Vou mostrar a saída a ele.

James não desperdiçou energia numa discussão que não podia vencer. Virou-se para Poppy.

— A gente se vê amanhã.

Havia uma expressão nos olhos acinzentados — agora cinza, e não prata — que era só para ela. Um olhar que nunca esteve ali em todos os anos em que eles se conheciam.

— Tchau, James — disse ela com brandura. — E... obrigada. — Ela sabia que ele entenderia o que queria dizer.

Foi somente depois de ele sair pela porta, com Phil em seus calcanhares como um leão de chácara atrás de um freguês baderneiro, que lhe ocorreu uma coisa.

James havia dito que ela correria perigo se não bebesse o suficiente de seu sangue. Mas eles foram interrompidos quase imediatamente depois disso. Será que Poppy tomara o bastante? E o que aconteceria caso *não* tenha tomado?

Ela não fazia ideia, e não teria como perguntar a James.

Phil ficou bem atrás de James até a saída do hospital.

Esta noite, não, pensou James. Ele não podia lidar com Phillip North esta noite. Sua paciência se esgotara e sua mente estava ocupada calculando se Poppy tinha tomado sangue suficiente para ficar segura. Ele *achava* que sim — mas quanto antes bebesse mais, melhor.

— Você vai "vê-la amanhã"... Bom, você *não* vai vê-la amanhã — disse Phil de repente quando eles entraram na garagem.

— Phil, dá um tempo.

Em vez disso, Phillip parou diante de James e ficou imóvel, obrigando James a parar também. A respiração de Phillip era acelerada; os olhos verdes faiscavam.

— Tá legal, *amigo* — disse ele. — Não sei o que você acha que está fazendo com a Poppy... Mas agora acabou. De agora em diante vai ficar longe dela. *Entendeu?*

Visões do pescoço de Phillip, quebrado como um lápis novo, dançaram na cabeça de James. Mas Phil era irmão de Poppy e seus olhos verdes eram surpreendentemente iguais aos dela.

— Eu nunca machucaria Poppy — disse ele, cansado.

— Dá um tempo *você*. Vai ficar aí e me dizer que não queria avançar nela?

James não conseguiu pensar numa resposta imediata. Na véspera, podia ter dito não com veracidade; ele não queria avançar em Poppy. Porque teria significado uma sentença de morte para ele e Poppy. Foi só quando Poppy recebeu a própria sentença de morte que ele se permitiu dar atenção a seus sentimentos.

E agora... agora ele estava próximo de Poppy. Ele tocou sua mente e descobriu que ela era ainda mais corajosa e mais nobre do que ele pensava; ainda mais compassiva — e mais vulnerável.

Ele queria ficar perto de Poppy de novo. Gostava dela de um jeito que fazia sua garganta doer. Ele *pertencia* a Poppy.

James também percebeu que isso podia não ser o bastante.

Partilhar o sangue forjava um vínculo poderoso entre duas pessoas. Seria um erro tirar proveito desse vínculo — ou da gratidão de Poppy a ele. Até que tivesse certeza de que a mente de Poppy estava clara e que as decisões fossem mesmo dela, ele devia manter alguma distância. Era a única coisa honrosa a fazer.

— A última coisa que quero é magoá-la — repetiu ele. — Por que não acredita nisso? — Ele fez uma tentativa desanimada de capturar o olhar de Phil quando disse isso. Fracassou, como tinha acontecido no hospital. Phillip parecia ser um daqueles raros humanos que não podiam ser influenciados pelo controle da mente.

— Por que não acredito? Porque eu *conheço* você. Você e suas... namoradas. — Phil fez com que a palavra parecesse um palavrão. — Você arruma seis ou sete por ano... E, quando se farta delas, larga como se fossem lixo.

James ficou brevemente distraído pela diversão, porque Phil tinha acertado na mosca. Ele *precisava* de seis namoradas por ano. Depois de dois meses, o vínculo entre eles ficava perigosamente forte.

— Poppy não é minha namorada e não vou largá-la — disse ele, satisfeito com a própria presença de espírito. Ele evitou uma mentira direta: Poppy *não era* namorada dele em nenhum sentido normal. Eles fundiram as almas, era isso; não falaram de saírem juntos nem nada.

— Então está me *dizendo* que não vai tentar avançar nela. É isso? Porque é melhor ter *certeza*. — Ao falar, Phil fez o que devia ser a coisa mais perigosa que já fizera na vida. Segurou James pela frente da camisa.

Seu humano *idiota*, pensou James. Ele se imaginou brevemente quebrando cada osso da mão de Phil. Ou pegando

Phil e o atirando do outro lado da garagem, no para-brisa de alguém. Ou...

— Você é irmão de Poppy — disse ele entredentes. — Então vou te dar a chance de me soltar.

Phil olhou o rosto de James por um momento, e depois soltou-o, parecendo um tanto abalado. Mas não o suficiente para calar a boca.

— Você precisa deixá-la em paz — disse ele. — Você não entende. Essa doença que ela tem... é grave. Ela não precisa de mais confusão na vida. Só precisa... — Ele parou e engoliu em seco.

De repente, James sentiu um cansaço enorme. Não podia culpar Phil por ficar tão perturbado; a mente de Phil estava cheia de imagens nítidas de Poppy morrendo. Em geral, James só tinha imagens genéricas sobre o que os humanos pensavam, mas Phillip transmitia tão alto que era quase ensurdecedor.

Meias verdades e evasivas não funcionariam. Era hora da Mentira Direta. Qualquer coisa para satisfazer Phil e afastar James disso.

— Sei que o que Poppy tem é grave — disse ele. — Descobri um artigo sobre isso na internet. Por isso vim *aqui*, tá legal? Eu lamento por ela. Não estou interessado na Poppy, a não ser como amiga, mas ela se sente melhor quando eu finjo que gosto dela.

Phillip hesitou, olhando duro e com desconfiança para James. Depois balançou a cabeça devagar.

— Uma coisa é ser amigo, mas é um erro confundi-la. No final, fingir não vai fazer nenhum bem a ela. Eu nem acho que faria Poppy se sentir melhor *agora*... Ela parecia muito mal lá dentro.

— Mal?

— Pálida e trêmula. Você conhece ela; sabe que Poppy fica superanimada com as coisas. Você não devia brincar com as emoções dela. — Ele semicerrou os olhos e disse: — Então talvez seja melhor ficar longe dela por um tempo. Só para garantir que ela não tenha a ideia errada.

— Tanto faz — disse James. Ele nem estava ouvindo.

— Muito bem — disse Phillip. — Temos um acordo. Mas estou te avisando, se você o romper, vai se meter em encrenca.

James não ouviu isso também. O que foi um erro.

No quarto escuro do hospital, Poppy ficou deitada, ouvindo a respiração da mãe.

Você não está dormindo, pensou ela, *e eu não estou dormindo. E você sabe que não estou, e eu sei que não está...*

Mas elas não conseguiam conversar. Poppy queria desesperadamente contar à mãe que tudo ia ficar bem — mas *como*? Não podia trair o segredo de James. E, mesmo que pudesse, a mãe não acreditaria.

Tenho que achar um jeito, pensou Poppy. *Preciso*. E, depois, uma grande onda de sonolência a dominou. Fora o dia mais longo de sua vida, e ela estava cheia de um sangue estranho, fazendo sua estranha magia nela. Não podia... simplesmente não podia... ficar de olhos abertos.

Por várias vezes durante a noite, a enfermeira entrou para ver seus sinais vitais, mas Poppy nunca despertou realmente. Pela primeira vez em semanas, nenhuma dor interrompeu seus sonhos.

Ela abriu os olhos na manhã seguinte sentindo-se confusa e fraca. Pontos pretos tomaram sua visão quando ela se sentou.

— Com fome? — perguntou a mãe. — Deixaram a bandeja de café da manhã para você.

O cheiro de ovos do hospital deixou Poppy nauseada. Mas, como a mãe a olhava com ansiedade, ela brincou com a comida na bandeja antes de ir se lavar. No espelho do banheiro, examinou a lateral do pescoço. Incrível: não havia vestígios da marca.

Quando saiu do banheiro, a mãe estava chorando.

Não estava aos prantos, nem soluçava. Só enxugava os olhos em um lenço de papel. Mas Poppy não suportou.

— Mãe, se está preocupada em me contar... eu já sei.

Toda a frase saiu antes que Poppy pudesse pensar no que dizia.

A cabeça da mãe se virou com pavor. Ela olhou para Poppy com as lágrimas se derramando.

— Mas meu amor... você sabe...?

— Sei o que tenho e sei quanto é grave — disse Poppy. Se essa era a estratégia errada, agora era tarde demais. — Eu ouvi quando você e Cliff conversavam com os médicos.

— Ah, meu *Deus*!

O que eu podia dizer?, perguntou-se Poppy. Está tudo bem, mãe, porque não vou morrer; vou me transformar numa vampira. Assim espero. Não tenho certeza, porque às vezes as pessoas não passam pela transformação completa. Mas, com um pouco de sorte, devo estar me alimentando de sangue daqui a algumas semanas.

E, por falar nisso, ela não perguntou a James exatamente quanto tempo sua transformação duraria.

A mãe respirava fundo, tentando se acalmar.

— Poppy, quero que saiba que a amo muito. Cliff e eu faremos qualquer coisa que pudermos... *qualquer coisa...*

para ajudar você. Agora ele está procurando por protocolos clínicos... Existem estudos experimentais onde testam novas maneiras de tratar as pessoas. Se pudermos só... ganhar tempo... até uma cura...

Poppy não suportava. Podia *sentir* a dor da mãe. Literalmente. Vinha em ondas palpáveis que pareciam ecoar em sua corrente sanguínea, deixando-a tonta.

É aquele sangue, pensou ela. *Está fazendo isso comigo, está me modificando.*

Mesmo enquanto pensava nisso, ela foi até a mãe. Queria abraçá-la e precisava de ajuda para aguentar.

— Mãe, eu não estou com medo — disse ela, a voz abafada no ombro da mãe. — Não posso explicar, mas não estou com medo. E não quero que fique triste por minha causa.

A mãe só a abraçou com força, como se a Morte pudesse tentar arrancar Poppy de seus braços a qualquer minuto. Ela chorava.

Poppy também chorou. Lágrimas de verdade, porque, mesmo que não quisesse morrer, verdadeiramente, perderia muito. Sua antiga vida, a família; tudo o que conhecia. Era bom desabafar com o choro; era algo que ela precisava fazer.

Mas, quando terminou, ela tentou de novo.

— A *única* coisa que não quero é que fique triste ou preocupada — disse ela e olhou para a mãe. — Então pode tentar não ficar assim? Por mim?

Ah, Deus. Estou parecendo a Beth de Adoráveis mulheres, pensou ela. A santa Poppy. *E a verdade é que, se eu estiver mesmo morrendo, vou espernear e gritar o tempo todo.*

Ainda assim, ela conseguiu reconfortar a mãe, que afastou o corpo, lacrimosa, mas com um orgulho silencioso.

— Você vale muito mesmo, Poppy... — foi só o que ela disse, mas os lábios tremiam.

A Santa Poppy virou a cara, terrivelmente sem graça — até que outra onda de vertigem a salvou. Ela deixou que a mãe a ajudasse a voltar para a cama.

E foi quando finalmente descobriu uma maneira de fazer a pergunta que queria.

— Mãe... — disse ela devagar — e se houver uma cura para mim em algum lugar... Tipo em outro país ou coisa assim... E eu puder ir para lá e melhorar, mas eles não me deixarem voltar? Quero dizer, você saberia que eu estou bem, mas não poderia me ver de novo. — Ela olhou a mãe com atenção. — Você desejaria que eu fizesse isso?

A mãe respondeu de pronto.

— Meu amor, eu desejaria você curada nem que fosse na lua. Desde que fosse feliz. — Ela fez uma pausa, depois voltou a falar com firmeza. — Mas, querida, esse lugar não existe. Bem que eu gostaria que existisse.

— Eu sei. — Poppy afagou seu braço. — Só estava perguntando... Eu te amo, mãe.

No final da manhã, apareceram o Dr. Franklin e a Dra. Lofus. Enfrentá-los não foi tão terrível como Poppy esperava, mas ela se sentiu uma hipócrita quando eles se admiraram diante de sua "atitude maravilhosa". Falaram de tempo de qualidade e do fato de que não existem dois casos de câncer iguais, e sobre pessoas que conheciam que derrotaram as porcentagens. A Santa Poppy se encolhia por dentro, mas ouvia e assentia — até que eles começaram a falar de mais exames.

— Gostaríamos de um angiograma e de uma laparotomia — disse a Dra. Lofus. — Um angiograma é...

— Um tubo enfiado nas *minhas veias*? — perguntou Poppy antes que conseguisse evitar.

Todos ficaram sobressaltados. Depois, a Dra. Lofus abriu um sorriso triste.

— Parece que andou lendo sobre isso.

— Não, eu só... acho que me lembro disso de algum lugar — disse Poppy. Ela sabia de onde vinham as imagens: da cabeça da Dra. Lofus. E ela provavelmente devia cobrir seus rastros em vez de falar mais, mas estava muito aflita. — E uma laparotomia é uma operação, não é?

A Dra. Lofus e o Dr. Franklin se entreolharam.

— Sim, uma cirurgia exploratória — disse o Dr. Franklin.

— Mas eu não *preciso* desses exames, preciso? Quero dizer, vocês já sabem o que eu tenho. E os exames *doem*.

— Poppy — disse a mãe com gentileza.

Mas a Dra. Lofus respondeu devagar:

— Bem, às vezes precisamos de exames para confirmar um diagnóstico. Mas, no seu caso... não, Poppy. Não precisamos realmente deles. Já temos certeza.

— Então não entendo por que tenho que fazer — disse Poppy simplesmente. — Prefiro ir para casa.

Os médicos se olharam, depois para a mãe de Poppy. Em seguida, sem sequer tentarem ser sutis, os três adultos foram discutir a questão no corredor.

Quando voltaram, Poppy sabia que tinha vencido.

— Pode ir para casa, Poppy — disse o Dr. Franklin em voz baixa. — Pelo menos até que desenvolva outros sintomas. A enfermeira dirá à sua mãe o que procurar.

A primeira coisa que Poppy fez foi ligar para James. Ele atendeu no primeiro toque.

— Como está se sentindo?

— Tonta. Mas estou bem — disse Poppy cochichando, porque a mãe estava do lado de fora falando com uma enfermeira. — Vou para casa.

— À tarde eu vou até lá — disse James. — Me ligue quando achar que teremos mais ou menos uma hora a sós. E Poppy... não conte ao Phil que eu irei.

— E por que não?

— Eu te explico depois.

Foi estranho quando estava realmente em casa. Cliff e Phil estavam lá. Todo mundo estava estranhamente gentil com ela, e, ao mesmo tempo, tentavam fingir que não havia nada de incomum. (Poppy ouvira a enfermeira falar com a mãe que era bom tentar manter uma rotina normal.)

É como o meu aniversário, pensou Poppy, perplexa. *Como um aniversário terrivelmente importante e a formatura, tudo ao mesmo tempo.* De vez em quando a campainha tocava, chegando outro buquê de flores. O quarto de Poppy parecia um jardim.

Ela se sentia mal por Phil. Ele estava tão abatido — e era tão corajoso. Ela queria reconfortá-lo como reconfortara a mãe — mas *como*?

— Vem cá — ordenou ela, optando pela ação direta. E, quando ele obedeceu, ela o abraçou com força.

— Você vai vencer essa coisa — sussurrou ele. — Eu sei que vai. Ninguém jamais teve tanta vontade de viver como você. E ninguém jamais, *nunca* foi tão teimoso.

Foi quando Poppy percebeu quanto sentiria a falta dele. Quando ela o soltou, estava tonta.

— Talvez seja melhor se deitar — disse Cliff com gentileza. E a mãe de Poppy a ajudou a ir para o quarto.

— O papai sabe? — perguntou ela à mãe, que andava pelo quarto, ajeitando as coisas.

— Tentei falar com ele ontem, mas o pessoal da estação disse que ele se mudou para algum lugar em Vermont. Não sabem onde.

Poppy assentiu. Era típico do pai: sempre em movimento. Ele era DJ — quando não estava sendo artista ou mágico. Ele se separou da mãe porque não era muito bom em nenhuma dessas coisas — ou pelo menos não era bom o bastante para ganhar muito dinheiro.

Cliff era tudo o que o pai não era: responsável, disciplinado, trabalhador. Combinava perfeitamente com a mãe de Poppy e com Phil. Tão perfeitamente que às vezes Poppy se sentia uma estranha na própria família.

— Tenho saudade do papai — disse ela com brandura.

— Eu sei. Às vezes eu também tenho — disse a mãe, surpreendendo a filha. Depois disse com firmeza: — Vamos achá-lo, Poppy. Assim que ele souber, vai querer vir.

Poppy esperava que sim. Ela não devia se arriscar a vê-lo... depois.

Foi apenas uma hora antes do jantar, quando Phil e Cliff saíram para fazer umas coisas e a mãe estava tirando uma soneca, que Poppy teve a chance de ligar para James.

— Vou já para aí — disse ele. — Não precisa abrir a porta para mim. — Dez minutos depois ele entrava no quarto de Poppy.

Poppy se sentia estranhamente tímida. As coisas tinham mudado entre ela e James. Eles não eram mais simplesmente grandes amigos.

Eles nem se cumprimentaram com um "oi". Assim que ele entrou, os olhos deles se encontraram e se fixaram um no outro. E depois, por um instante interminável, eles se olharam.

Dessa vez, quando Poppy sentiu a pontada rápida no peito que sempre aparecia quando via James, era uma palpitação de pura doçura. *Ele gostava dela. Poppy via isso nos olhos dele.*

Espere um minuto; espere, sussurrou sua mente. *Não ponha o carro na frente dos bois. Ele gosta de você, mas não disse que está apaixonado por você. É diferente.*

Cala a boca, disse Poppy com bom-senso a seu cérebro. Em voz alta, ela disse:

— Por que não queria que Phil soubesse que você vinha para cá?

James atirou a jaqueta leve numa cadeira e se sentou na cama de Poppy.

— Bem... eu só não queria ser interrompido — disse ele com um gesto de desdém. — Como está a dor?

— *Passou* — disse Poppy. — Não é estranho? Ela não me acordou a noite toda. E tem outra coisa. Acho que estou começando a... bem, ler os pensamentos das pessoas.

James sorriu de leve, só com um canto da boca.

— Isso é bom. Eu estava preocupado... — Ele se interrompeu e foi ligar o CD player de Poppy. A música soou.

— Estava preocupado que você não tivesse bebido sangue suficiente ontem à noite — disse James em voz baixa, voltando a se sentar. — Vai tomar mais desta vez... E eu também.

Poppy sentiu algo tremer dentro de si. Sua repulsa passara. Ela ainda tinha medo, mas só pelas consequências do que iam fazer. Não era só uma maneira de aumentar a proximidade ou de alimentar James. Eles estavam fazendo isso para *transformar* Poppy.

— A única coisa que não entendo é por que você nunca me mordeu antes. — Seu tom de voz era leve, mas, enquanto pronunciava as palavras, ela percebeu que havia uma pergunta séria por trás delas. — Quero dizer — disse ela devagar —, você fez isso com Michaela e Jacklyn, não foi? E com outras meninas?

Ele virou a cara, mas respondeu com segurança.

— Eu não troquei sangue com elas. Mas me alimentei delas, sim.

— Mas não de mim.

— Não. Como posso explicar? — Ele a olhou. — Poppy, tirar sangue pode significar um monte de coisas... E os Anciãos queriam que não passasse de alimento. Diziam que só o que você deve sentir é a alegria da caça. E foi só isso o que eu *senti*... antes.

Poppy assentiu, tentando se satisfazer com isso. Não perguntou quem eram os Anciãos.

— Além disso, eu posso ser *perigoso* — disse James. — Pode ser feito com ódio e pode matar. Matar para sempre, quero dizer.

Poppy estava quase se divertindo com a conversa.

— *Você* não mataria.

James a olhou. Lá fora, estava nublado e a luz no quarto de Poppy era pálida. Deixava o rosto de James pálido também, e os olhos prateados.

— Mas matei — disse James. Sua voz era categórica e fria.

— Matei sem trocar sangue suficiente, então a pessoa não voltou como vampira.

Capítulo 7

— Então você deve ter tido um motivo — disse Poppy com simplicidade. Quando James a olhou, ela deu de ombros. — Eu conheço você. — Ela o conhecia de um jeito que jamais conheceu alguém.

James virou a cara.

— Eu não tive um motivo, mas havia algumas... circunstâncias atenuantes. Pode-se dizer que eu caí numa emboscada. Mas ainda tenho pesadelos.

Ele parecia muito cansado — muito triste. *É um mundo solitário, cheio de segredos,* pensou Poppy. E ele tivera de guardar o maior dos segredos de todo mundo, inclusive dela.

— Deve ter sido horrível para você — disse ela, mal tendo consciência de que falava em voz alta. — Quero dizer, a sua vida toda... guardando isso. Sem contar a ninguém. Fingindo...

— Poppy... — Ele teve um tremor de emoção reprimida.

— Não.

— Não me solidarizar com você?

Ele balançou a cabeça.

— Ninguém jamais entendeu isso. — Depois de uma pausa, ele disse: — Como pode se preocupar *comigo*? Diante do que está enfrentando?

— Acho que é porque... eu gosto de você.

— E eu acho que é por isso que eu não tratei você como a Michaela ou Jacklyn — disse ele.

Poppy olhou as feições esculpidas do rosto de James, a onda de cabelos castanhos que caíam na testa como seda... E prendeu a respiração. Diga "eu te amo", ordenou ela mentalmente. *Diga*, seu cabeça-dura.

Mas eles não estavam conectados, e James não deu o menor sinal de ter ouvido. Em vez disso, virou-se animado e todo pragmático.

— É melhor começarmos. — Ele se levantou e fechou a cortina. — A luz do sol inibe todos os poderes dos vampiros — disse ele numa voz de professor em aula.

Poppy aproveitou a pausa para ir até o CD player. A música tinha mudado para uma batida eletrônica holandesa, boa para botar os holandeses para dançar, mas não muito romântica. Ela apertou um botão e começou um lamento aveludado em português.

Depois ela fechou a cortina em volta da cama. Quando se sentou novamente, ela e James estavam em seu próprio mundo, escuro e reservado, encerrados numa concha branca e enevoada.

— Estou pronta — disse ela baixinho, e James se inclinou para ela. Mesmo na semiescuridão, Poppy se sentia hipnotizada pelos olhos dele. Eram como janelas para outro mundo, um lugar distante e mágico.

O Mundo das Sombras, pensou ela, e levou o queixo para trás enquanto James a pegava nos braços.

Dessa vez a pontada dupla em seu pescoço doeu bastante.

Mas melhorou quando a mente de James tocou a dela. A sensação de unidade — de repente sendo um todo — espalhou-se por ela como o brilho das estrelas.

Mais uma vez ela teve a sensação de que eles se fundiam, dissolvendo e fundindo-se em cada ponto em que se tocavam. Ela podia sentir a própria pulsação ecoando nele.

Mais perto, mais perto... E ela sentiu um recuo.

James? O que foi?

Nada, disse-lhe ele, mas Poppy podia sentir que não era bem verdade. Ele tentava enfraquecer o vínculo crescente entre os dois... Mas por quê?

Poppy, não quero obrigar você a entrar em nada. O que estamos sentindo é... artificial.

Artificial? Era a coisa mais verdadeira que ela sentira na vida. Mais real do que o real. No meio da alegria, Poppy sentiu uma onda de raiva ressentida por James.

Não queria que fosse assim, disse ele, e havia desespero em seu pensamento. *É só que você não pode resistir ao laço de sangue. Você não poderia resistir se me odiasse. Não é justo...*

Poppy não se importava com a justiça. *Se você não pode resistir, por que está tentando?*, perguntou ela, triunfante.

Ela ouviu algo parecido com o riso mental, depois eles estavam se unindo enquanto uma onda de pura emoção os inundava.

O laço de sangue, pensou Poppy quando James enfim levantou a cabeça. *Não importa que ele não diga que me ama: agora temos um vínculo; nada pode mudar isso.*

E, num segundo, ela selaria esse vínculo, bebendo o sangue dele. *Tente resistir a isso*, pensou ela, e ficou assustada quando James riu suavemente.

— Lendo minha mente de novo?

— Não exatamente. Você está projetando... E você é muito boa nisso. Será uma ótima telepata.

Interessante... mas agora Poppy não se sentia forte. De repente estava fraca como uma gatinha. Mole como uma flor murcha. Ela precisava...

— Eu sei — sussurrou James. Ainda apoiando-a, ele começou a levar um pulso à boca de Poppy.

Poppy o impediu com a mão, restringindo-o.

— James? Quantas vezes temos que fazer isso antes de eu... mudar?

— Acho que só mais uma vez — disse James em voz baixa. — Eu bebi muito hoje e quero que faça o mesmo. E da próxima vez vamos...

Eu vou morrer, pensou Poppy. *Bom, pelo menos eu sei quanto tempo tenho como humana.*

Os lábios de James se retraíram, revelando presas longas e delicadas, e ele rasgou o próprio pulso. Havia algo de serpente no movimento. O sangue jorrou, da cor de xarope num pote de cerejas em conserva.

Assim que Poppy estava se inclinando para a frente, com os lábios separados, houve uma batida na porta.

Poppy e James ficaram paralisados de culpa.

Bateram na porta de novo. Em sua confusão e fraqueza, Poppy não parecia capaz de se mexer. O único pensamento que ressoava em seu cérebro era: *Ah, por favor. Por favor, que não seja...*

A porta se abriu.

... Phil.

Phillip já estava falando enquanto enfiava a cabeça para dentro do quarto.

— Poppy, está acordada? A mamãe disse...

Ele parou de repente, depois avançou para o interruptor de luz na parede. De repente o quarto ficou iluminado.

Ah, *que ótimo*, pensou Poppy, frustrada. Phil olhava pela cortina fina em torno da cama. Poppy olhou para ele.

— O que... está... *acontecendo* aqui? — perguntou ele numa voz que teria lhe garantido o papel de protagonista em *Os dez mandamentos*. E, antes que Poppy pudesse invocar inteligência suficiente para responder, Phil se inclinou e pegou James pelo braço.

— Phil, *não*! — disse Poppy. — Phil, seu idiota...

— Tínhamos um acordo — rosnou Phil para James. — E você o quebrou.

James agora segurava os braços de Phil, com a mesma urgência com que Phil o agarrava. Poppy teve a sensação angustiante de que os dois iam começar a brigar.

Ah, Deus, se ao menos ela conseguisse *pensar* direito. Ela se sentia tão confusa...

— Está entendendo errado — disse James a Phil entredentes.

— Entendendo *errado*? Eu entro aqui e encontro os dois na cama, com as cortinas fechadas, e você me diz que estou entendendo errado?

— *Em cima* da cama — corrigiu Poppy. Phil a ignorou.

James sacudiu Phil. Ele o fez com facilidade e com uma economia de movimentos, mas a cabeça de Phil balançou para a frente e para trás. Poppy percebeu que James não estava lá muito racional. Ela se lembrou da perna de cadeira torta e concluiu que era hora de se meter.

— *Solte* — disse ela, estendendo o braço entre os dois meninos, procurando pelas mãos. As mãos de qualquer um.

— Anda, gente! — E então, desesperada: — Phil, eu sei que você não entende, mas James está tentando *me ajudar...*

— Te ajudar? Não acho. — E, para James: — Olhe para ela. Não vê que esse fingimento idiota está deixando a Poppy *mais doente?* Sempre que eu a encontro com você, ela está branca feito um lençol. Você está piorando as coisas.

— Você não sabe nada sobre isso — rosnou James na cara de Phil. Mas Poppy ainda processava algo várias frases atrás.

— Idiota? Fingimento? — disse ela. Sua voz não era muito alta, mas tudo parou.

Os dois a olharam.

Todo mundo cometeu erros. Mais tarde, Poppy perceberia que, se algum deles estivesse controlado, podia ter evitado o que aconteceu em seguida. Mas nenhum deles tinha controle nenhum.

— Desculpe — disse Phil a Poppy. — Eu não queria te contar...

— *Cala a boca!* — disse James com selvageria.

— Mas tenho que contar. Esse... *babaca...* está brincando com você. Ele confessou para mim. Disse que tem pena de você e que acha que você vai se sentir melhor se fingir que gosta de você. Ele tem um ego que encheria um estádio de futebol.

— Fingir? — disse Poppy de novo, recuando. Havia um zumbido em sua cabeça e uma explosão se acumulava no peito.

— Poppy, ele está louco — disse James. — Escute...

Mas Poppy não estava escutando. O problema era que ela podia *sentir* quanto Phil se lamentava. Era muito mais convincente do que a raiva. E Phillip, o sincero, certinho e confiável Phillip, quase nunca mentia.

Ele agora não estava mentindo. O que significava... que James devia estar.

Hora da explosão.

— Você... — sussurrou ela a James. — Seu... — Ela não conseguiu pensar num palavrão que fosse suficientemente ruim. De certo modo, sentiu-se mais magoada, mais traída do que jamais se sentira na vida. Tinha pensado que *conhecia* James; confiara plenamente nele. O que tornava a traição muito pior. — Então estava fingindo? É isso mesmo?

Uma voz interior lhe dizia para parar e *pensar*. Que ela não estava em condições de tomar decisões cruciais. Mas ela também não estava em condições de ouvir vozes interiores. Sua própria raiva impedia que decidisse se tinha algum bom motivo para ter raiva.

— Você *tem pena* de mim? — sussurrou ela, e, de repente, toda a fúria e a tristeza que estivera reprimindo no último dia e meio saiu numa torrente. Ela ficou cega de dor e só o que importava era fazer James sofrer tanto quanto ela.

James tinha a respiração pesada, falando rapidamente.

— Poppy... É por isso que eu não queria que Phil soubesse...

— E *não admira* — disse Poppy, furiosa. — E não admira que você não diga que me ama — continuou ela, sem se importar que Phil estivesse ouvindo. — E não admira que você faça tudo, menos me beijar. Bom, não quero sua *piedade*...

— *Que tudo é esse? Tudo o quê?* — gritou Phil. — *Eu vou te matar, Rasmussen!*

Ele se libertou de James e atacou. James se abaixou e o punho raspou o ar. Phil atacou novamente e James se torceu de lado, pegando-o por trás numa chave de pescoço.

Poppy ouviu passos apressados no corredor.

— O que está havendo? — A mãe ofegou, desanimada, olhando a cena no quarto de Poppy.

Quase no mesmo instante, Cliff apareceu atrás da mãe de Poppy.

— Por que toda essa gritaria? — perguntou ele, o queixo particularmente rígido.

— É *você* que a está colocando em perigo — rosnava James no ouvido de Phil. — Neste exato momento. — Ele parecia uma fera. Selvagem.

Inumano.

— Solte o *meu irmão*! — gritou Poppy. De repente, os olhos dela estavam cheios de lágrimas.

— Ah, meu Deus... Querida! — disse a mãe. Em dois passos, estava ao lado da cama e abraçava Poppy. — Vocês, meninos, *saiam* daqui!

A selvageria abandonou a expressão de James e ele afrouxou o aperto em Phillip.

— Olha, eu sinto muito. Tenho que ficar. Poppy...

Phillip bateu na barriga dele com o cotovelo.

Podia não ter machucado tanto James como a um humano, mas Poppy viu a fúria tomar o rosto dele enquanto o corpo recurvado se endireitava. Ele ergueu Phil do chão e o atirou de cabeça na cômoda de Poppy.

A mãe de Poppy soltou um grito. Cliff pulou entre Phil e James.

— Já chega! — ele rugiu. Depois, para Phil: — Você está bem? — E, para James: — Mas o que é tudo isso?

Tonto, Phil esfregava a cabeça. James não disse nada. Poppy não conseguia falar.

— Está tudo bem, não importa — disse Cliff. — Acho que agora estão todos meio nervosos. Mas é melhor ir para casa, James.

James olhou para Poppy.

Poppy, com o corpo todo latejando como uma dor de dente, deu-lhe as costas. Ela enterrou a cabeça no abraço da mãe.

— Eu vou voltar — disse James em voz baixa. Podia significar uma promessa, mas parecia uma ameaça.

— Por enquanto, não vai não — disse Cliff num tom autoritário de militar. Olhando pelo braço da mãe, Poppy podia ver que havia sangue no cabelo louro de Phil. — Acho que todos precisam de um tempo para esfriar a cabeça. Agora ande, vá embora.

Ele levou James para fora. Poppy fungava e tremia, tentando ignorar as ondas de vertigem que a tomavam e os murmúrios agitados de todas as vozes em sua mente. O aparelho de som continuava berrando um techno inglês.

Nos dois dias que se seguiram, James ligou oito vezes.

Poppy atendeu ao telefone da primeira vez. Foi depois da meia-noite que sua linha privativa tocou e ela reagiu automaticamente, ainda sonolenta.

— Poppy, não desligue — disse James.

Poppy desligou. Um segundo depois o telefone tocou novamente.

— Poppy, se não quiser morrer, precisa me ouvir.

— Isso é chantagem. Você é *doente* — disse Poppy, agarrada ao fone. A língua dela parecia grossa e a cabeça doía.

— É a verdade. Poppy, escute, você não bebeu sangue nenhum hoje. Eu a enfraqueci e você não teve nada em troca. E isso pode te *matar*.

— 89 —

Poppy ouvia as palavras, mas não pareciam reais. Ela se viu ignorando-as, retirando-se para um estado nebuloso em que era impossível pensar.

— Eu não ligo.

— Você *liga sim*, e, se puder raciocinar, saberá disso. É a mudança que está operando. Você está mentalmente confusa. Está paranoica, ilógica e louca demais para *saber* que está paranoica, ilógica e louca.

Era muito parecido com o que Poppy tinha percebido mais cedo. Tinha consciência, mas pouca, de que agia como Marissa Schaffer depois de beber seis cervejas na festa de ano-novo de Jan Nedjar. Fazendo-se de boba. Mas não conseguia reprimir isso.

— Só quero saber uma coisa — disse ela. — É verdade que você disse aquelas coisas a Phil?

Ela ouviu James soltar a respiração.

— É verdade que eu disse. Mas o que eu *disse* não é a verdade. Era só para o Phil largar do meu pé.

Agora Poppy estava perturbada demais para se acalmar.

— Por que eu deveria acreditar em alguém cuja vida toda é uma mentira? — perguntou ela e desligou novamente enquanto caíam as primeiras lágrimas.

No dia seguinte, ela ficou em seu estado de negação nebulosa. Nada parecia real: nem a briga com James, nem o aviso de James, nem sua doença. Em especial a doença. Sua mente encontrou uma maneira de aceitar o tratamento especial que recebia de todos sem se prender aos motivos.

Ela até conseguiu desprezar os comentários da mãe com Phil aos sussurros sobre como ela estava decaindo rápido demais. Como a coitada da Poppy estava pálida, enfraquecia, e piorava. E só o que Poppy sabia era que agora podia ouvir conversas no corredor com tanta clareza que pareciam acontecer em seu próprio quarto. Todos os sentidos eram aguçados, enquanto sua mente estava entorpecida. Quando ela se viu no espelho, ficou assustada com a brancura, a pele transparente como cera de vela. Os olhos tão verdes e ferozes que ardiam.

Nas outras seis vezes em que James ligou, a mãe de Poppy disse que ela estava descansando.

Cliff consertou o puxador quebrado da cômoda de Poppy.

— Quem imaginaria que o garoto era tão forte? — comentou ele.

James fechou o flip do celular e bateu o punho no painel do carro. Era a tarde de quinta-feira.

Eu te amo. Era o que ele devia ter dito a Poppy. E agora era tarde demais — ela nem falaria com ele.

Por que ele *não disse* isso? Os motivos dele agora pareciam idiotas. Então ele não tiraria proveito da inocência e da gratidão de Poppy... Muito bem, bravo. Só o que fez foi sugar as veias dela e dilacerar seu coração.

Só o que fez foi apressar sua morte.

Mas não havia tempo para pensar nisso. Agora precisava representar um papel.

Ele saiu do carro e torceu o casaco enquanto andava para a grande casa em estilo rancho.

Destrancou e abriu a porta sem anunciar sua presença. Não precisava anunciar; a mãe sentiria.

No interior da casa, tudo era teto de catedral e paredes nuas. A única peculiaridade era que cada uma das muitas claraboias estava coberta por cortinas elegantes, feitas sob medida. Isso tornava o interior ainda mais espaçoso, mas escuro. Quase... cavernoso.

— James — disse a mãe, vindo da ala dos fundos. Tinha cabelos pretos com um brilho de laqueado e um corpo perfeito que mais destacava do que disfarçava o vestido com incrustações de prata e ouro. Seus olhos eram cinzentos e frios e com cílios pesados, como os de James. Ela beijou o ar ao lado da bochecha dele.

— Recebi seu recado — disse James. — O que você quer?

— Eu preferiria esperar até que seu pai chegasse...

— Mãe, me desculpe, mas estou com pressa. Tenho coisas a fazer... Eu nem me alimentei hoje.

— É o que parece — disse a mãe. Ela o olhou por um instante, sem piscar. Depois suspirou, virando-se para a sala de estar. — Pelo menos vamos nos sentar... Você anda um pouco agitado nos últimos dias, não é mesmo?

James se sentou no sofá de camurça tingida de vermelho. Agora era o teste de sua capacidade de atuar. Se ele conseguisse passar pelo minuto seguinte sem que a mãe sentisse a verdade, estaria livre.

— Sei que papai lhe disse por que... — disse ele com tranquilidade.

— Sim. A pequena Poppy. Muito triste, não? — A cúpula da luminária ramificada era num tom vermelho-escuro e a luz rubi caía em metade do rosto da mãe.

— No início eu fiquei transtornado, mas agora estou superando — disse James. Ele manteve a voz sombria e concentrada em não transmitir nada — *nada* — por sua aura. Podia sentir a mãe sondando de leve as fronteiras de sua mente. Como um inseto roçando gentilmente uma antena, ou uma cobra provando o ar com a língua escura e bifurcada.

— Estou surpresa — disse a mãe. — Pensei que gostasse dela.

— Eu gostava. Mas, afinal, eles não são realmente *gente*, são? — Ele pensou por um momento, depois disse: — É como perder um bicho de estimação. Acho que terei de encontrar outro.

Era uma atitude ousada. James ordenou a cada músculo que ficasse relaxado enquanto sentia os fios do pensamento de repente retesarem, enroscando-se em volta dele, procurando por uma brecha na armadura. Ele pensou com muita intensidade — em Michaela Vasquez. Tentando projetar só a quantidade certa de ternura negligente.

E funcionou. Os fios que sondavam deslizaram para fora de sua mente e a mãe se recostou com graça, sorrindo.

— Fico feliz em ver que está levando isso muito bem. Mas, se um dia sentir que precisa conversar com alguém... seu pai conhece alguns terapeutas muito bons.

Terapeutas vampiros, foi o que ela quis dizer. Para lhe fazer uma lavagem cerebral sobre como os humanos só serviam de alimento.

— Sei que quer evitar problemas tanto quanto eu — acrescentou ela. — Isso se reflete em nossa família, entenda.

— Claro — disse James, dando de ombros. — Agora eu tenho que ir. Diga a papai que eu mandei lembranças, está bem?

Ele beijou o ar ao lado do rosto da mãe.

— Ah, a propósito — disse ela enquanto ele se virava para a porta. — Seu primo Ash *virá mesmo* na semana que vem. Acho que ele gostaria de ficar no seu apartamento... E sei que você gostaria de companhia.

Só por cima de meu corpo inerte, pensou James. Tinha se esquecido completamente de que Ash ameaçava visitar. Mas agora não era hora de discutir. Ele saiu sentindo-se como um malabarista com bolas demais no ar.

* * *

No carro, James pegou o celular, hesitou, depois o fechou sem ligar. Não adiantaria nada telefonar. Estava na hora de mudar de estratégia.

Muito bem. Chega de meias medidas. Uma ofensiva séria — cujo alvo adiantaria muito.

Ele pensou por alguns minutos, depois foi para a McDonnell Drive, estacionando a algumas casas de distância de onde Poppy morava.

E esperou.

Estava preparado para ficar sentado a noite toda, se necessário, mas não precisou disso. Lá pelo pôr do sol a porta da garagem se abriu e um Volkswagen Jetta branco saiu de ré. James viu uma cabeça loura no banco do motorista.

Oi, Phil. É um prazer te ver.

Quando o Jetta se afastou, ele o seguiu.

Capítulo 8

Quando o Jetta entrou no estacionamento de uma 7-Eleven, James sorriu. Havia uma área isolada atrás da loja e estava escurecendo.

Ele levou o carro para os fundos, depois desceu para olhar a entrada da loja. Quando Phil saiu com uma sacola, ele avançou por trás.

Phil gritou e lutou, largando a sacola. Não adiantou. O sol tinha baixado e o poder de James estava em plena capacidade.

Ele arrastou Phil para os fundos da loja e o colocou de cara para a parede, atrás de uma caçamba de lixo. A posição clássica de revista policial.

— Vou te soltar agora — disse ele. — Nem pense em fugir. Seria um erro seu.

Phil ficou tenso e imóvel ao som da voz de James.

— Eu não *quero* fugir. Quero quebrar a sua cara, Rasmussen.

Pode tentar. James ia acrescentar, *Assim eu ganho a noite*, mas reconsiderou. Soltou Phil, que se virou e o olhou com puro ódio.

— Qual é o problema? Ficou sem garotas para pegar? — disse ele, respirando com dificuldade.

James trincou os dentes. Não lhe serviria de nada trocar insultos, mas ele já sabia que seria difícil manter-se controlado. Phil tinha esse efeito sobre ele.

— Não o trouxe aqui para brigar. Eu o trouxe para lhe fazer uma pergunta. Você se importa com a Poppy?

— Suas perguntas idiotas não valem de nada. — E afrouxou o ombro como se estivesse se preparando para dar um murro.

— Porque, se for verdade, você vai conseguir que ela converse comigo. Foi você que a convenceu a não me ver e agora precisa convencê-la de que *precisa* me ver.

Phil olhou o estacionamento, como se quisesse que alguém testemunhasse aquela loucura.

James falou devagar e com clareza, enunciando cada palavra.

— Há uma coisa que posso fazer para ajudá-la.

— Porque você é um Don Juan, não é? Vai curá-la com amor. — As palavras eram petulantes, mas a voz de Phil tremia de ódio. Não só por James, mas por um universo que deixara o câncer alcançar Poppy.

— Não. Você está totalmente enganado. Escute aqui: você acha que eu estava transando com ela, ou brincando com os sentimentos dela, ou o que seja. Não era nada disso que estava acontecendo. Deixei que pensasse assim porque estava cansado de seu interrogatório... E porque eu não queria que você soubesse o que nós *estávamos* fazendo.

— Sei, sei — disse Phil numa voz cheia de sarcasmo e desdém, em igual medida. — E o que você *estava* fazendo? Se drogando?

— Isto.

James aprendeu uma coisa de seu primeiro contato com Poppy no hospital. Devia mostrar e falar, nesta ordem. Desta vez ele não disse nada; só pegou Phil pelos cabelos e puxou a cabeça para trás.

Só havia uma única luz atrás da loja, mas era suficiente para que Phil tivesse uma boa visão das presas expostas assomando sobre ele. E foi mais do que o suficiente para James, com sua visão noturna, ver os olhos verdes de Phil se dilatarem.

Phillip gritou, depois ficou flácido.

Não de medo, James sabia. Ele não era um covarde. Do choque da incredulidade se transformando em crença.

Phillip xingou.

— Você é um...

— Isso mesmo. — James o soltou.

Phil quase perdeu o equilíbrio. Agarrou-se à caçamba para se apoiar.

— Não acredito.

— Acredita, sim — disse James. Ele não havia retraído as presas e sabia que seus olhos prateados brilhavam sob a luz. Phil *tinha* de acreditar, com James ali bem na cara dele.

Phil aparentemente teve a mesma ideia. Olhava para James como se quisesse virar a cara, mas não conseguia. A cor tinha sumido de seu rosto e ele ficava engolindo em seco como se estivesse com náuseas.

— Meu Deus — disse ele por fim. — Eu sabia que havia alguma coisa errada com você. Algo estranho. Nunca soube por que você me dava arrepios. Então é por isso.

Eu lhe dou nojo, percebeu James. *Agora não é apenas ódio. Ele acha que sou inferior aos humanos.*

Não era um bom presságio para o resto do plano de James.

— Agora entende como posso ajudar Poppy?

Phil balançou a cabeça devagar. Estava se encostando na parede, com uma das mãos ainda na caçamba.

James sentiu a impaciência subir pelo peito.

— Poppy tem uma doença. Os vampiros não adoecem. Precisa de um guia?

A expressão de Phillip dizia que sim.

— Se — disse James entredentes — eu trocar sangue suficiente com Poppy para transformá-la numa vampira, ela não terá mais câncer. Cada célula de seu corpo mudará e ela terminará um espécime perfeito: impecável, sem doenças. Terá poderes que os humanos nem sonham em ter. E, como se não bastasse, ela será imortal.

Houve um silêncio muito longo enquanto James olhava Phil apreender o que ele dissera. Os pensamentos de Phil eram atropelados e caleidoscópicos demais para que James os entendesse, mas os olhos de Phil se arregalavam e a cara dele ficava mais pálida.

— Não pode fazer isso com ela — disse por fim.

Foi o *jeito* como ele falou. Não como se estivesse protestando porque a ideia era radical e nova demais. Não era a reação exagerada e automática que Poppy tivera.

Ele disse isso com absoluta convicção e um pavor completo. Como se James estivesse ameaçando a alma de Poppy.

— É a única maneira de salvar a *vida* dela — disse James.

Phil voltou a balançar a cabeça devagar, os olhos enormes, como se estivessem em transe.

— Não. Não. Ela não ia querer. Não a esse preço.

— Que preço? — James agora estava mais do que impaciente, estava na defensiva e exasperado. Se tivesse percebido que isso se transformaria num debate filosófico, teria escolhido um lugar menos público. Daquele jeito, ele teria de manter todos os sentidos em alerta para evitar possíveis intrusos.

Phil soltou a caçamba e ficou firme sobre os pés. Em seus olhos havia medo mesclado com terror, mas ele olhava firmemente para James.

— É só que... tem algumas coisas que os humanos acham que são mais importantes do que continuar vivo — disse ele. — Você vai descobrir isso.

Não acredito, pensou James. Ele parece um capitão novato falando com invasores alienígenas em um filme B. *Você não vai achar o povo da Terra tão ingênuo como imagina.*

Em voz alta, James disse:

— Ficou maluco? Olha, Phil, eu nasci em São Francisco. Não sou um monstro com cara de inseto de Alfa Centauro. Eu como cereal no café da manhã.

— E o que come no lanchinho da meia-noite? — perguntou Phil, os olhos verdes sóbrios e quase infantis. — Ou as presas só estão aí de enfeite?

Bem no alvo, disse o cérebro de James.

Ele virou a cara.

— Tá legal. *Touché*. Existem algumas diferenças. Eu nunca disse que era humano. Mas não sou uma espécie de...

— Se não é um monstro, eu não sei o que é.

Não o mate, James aconselhou a si mesmo freneticamente. *Você precisa* convencê-lo.

— Phil, não é como o que vê nos filmes. Não somos todo-poderosos. Não podemos nos desmaterializar e atravessar paredes nem viajar no tempo, e não precisamos matar para nos alimentar. Não somos maus, pelo menos nem todos nós somos. Não somos malditos.

— Você não é natural — disse Phil suavemente, e James pôde sentir que ele falava do fundo do coração. — Você é *um erro*. Não devia existir.

— Porque estamos mais alto na cadeia alimentar do que vocês?

— Porque as pessoas não deviam se... alimentar... de outras pessoas.

James não disse que seu povo não pensava no povo de Phillip como pessoas.

— Só fazemos o que precisamos para sobreviver. E Poppy já concordou.

Phillip ficou paralisado.

— Não. Ela não ia querer ser igual a você.

— Ela quer continuar viva... Ou pelo menos queria, antes de ficar chateada comigo. Agora ela está irracional porque não recebeu sangue meu suficiente para completar sua transformação. Graças a você. — Ele parou, e depois disse com decisão: — Já viu um cadáver de três semanas, Phil? Porque é *isso* que ela vai se tornar se eu não puder falar com ela.

A cara de Phil se retorceu. Ele girou o corpo e socou a lateral de metal da caçamba.

— *Acha que eu não sei disso?* Estou convivendo com isso desde segunda à noite.

James ficou parado, o coração aos saltos. Sentindo a angústia que Phil transmitia e a dor de sua mão ferida. Vários segundos se passaram antes que pudesse dizer calmamente:

— E você acha que isso é melhor do que aquilo que posso dar a ela?

— É abominável. Fede. Mas, sim, é melhor do que se transformar numa coisa que machuca as pessoas. Que *usa* as pessoas. Por isso todas as suas namoradas, né?

Mais uma vez, James não pôde responder de pronto. O problema de Phil, percebia ele, era ser inteligente demais para o seu próprio bem. Ele pensava demais.

— É. Por isso todas as namoradas — disse ele, cansado. Tentando não ver a questão do ponto de vista de Phil.

— Me diga só uma coisa, Rasmussen. — Phillip endireitou o corpo e encarou com firmeza os olhos de James. — Você... — ele parou e engoliu em seco — ... se alimentou de Poppy... antes de ela adoecer?

— Não.

Phil soltou a respiração.

— Que bom. Porque, se *tivesse* se alimentado, eu o mataria.

James acreditou. Ele era muito mais forte do que Phil, muito mais rápido e nunca teve medo de um humano na vida. Mas, naquele momento, não tinha dúvidas de que Phil teria arrumado um jeito de conseguir.

— Olha, tem uma coisa que você não entende — disse James. — Poppy *quis* assim e é uma coisa que já começamos. Ela só está começando a mudar; se morrer agora, não se tornará vampira. Mas ela pode não morrer também. Ela pode acabar como um cadáver ambulante. Um zumbi, entendeu? Irracional. O corpo apodrecendo, mas imortal.

A boca de Phil tremeu de repulsa.

— Está dizendo isso só para me assustar.

James virou a cara.

— Já vi isso acontecer.

— Não acredito em você.

— Eu vi *em primeira mão*! — James mal percebeu que estava gritando e que tinha agarrado Phil pela camisa. Estava descontrolado; e não se importava. — Vi isso acontecer com uma pessoa de quem eu *gostava*, entendeu? — E, depois, porque Phil ainda balançava a cabeça: — Eu só tinha 4 anos e tinha uma babá. Todas as crianças ricas de São Francisco têm babás. Ela era humana.

— Solte — murmurou Phil, puxando o pulso de James. Ele ofegava; não queria ouvir.

— Eu era louco por ela. Ela me dava tudo o que minha mãe não me dava. Amor, atenção... Ela nunca estava ocupada demais. Eu a chamava de Srta. Emma.

— *Solte.*

— Mas meus pais achavam que eu era apegado demais a ela. Então eles me levaram numa pequena viagem de férias... E não deixaram que eu me alimentasse. Por três dias. Quando me trouxeram de volta, eu estava faminto. E eles mandaram a Srta. Emma me colocar para dormir.

Phil agora parara de lutar. Manteve-se firme, com a cabeça tombada e virada de lado para não ter que olhar para James. James lançou as palavras na cara virada de Phil.

— Eu só tinha 4 anos. Não consegui me reprimir. E o caso é que eu queria. Se você me perguntasse quem eu teria preferido que morresse, eu ou a Srta. Emma, eu teria dito que preferia a minha morte. Mas, quando você está com fome, perde o controle. Então me alimentei dela e o tempo todo eu chorava, tentando parar. E, quando finalmente parei, eu sabia que era tarde demais.

Houve uma pausa. James de repente percebeu que seus dedos estavam fechados numa garra agonizante. Ele soltou a camisa de Phil lentamente. Phil não disse nada.

— Ela ficou deitada lá no chão. Eu pensei: *Espere, se eu der meu sangue, ela será vampira e tudo vai ficar bem.* — Ele não gritava mais. Nem estava realmente falando com Phil, mas olhando o estacionamento escuro. — Então eu me cortei e deixei que meu sangue escorresse para a boca da babá. Ela engoliu um pouco antes de meus pais aparecerem e me impedirem. Mas não foi o suficiente.

Uma pausa mais longa — e James se lembrou por que ele estava contando aquela história. Olhou para Phil.

— Ela morreu naquela noite... mas não inteiramente. Os dois tipos diferentes de sangue lutavam dentro dela. Pela manhã, ela estava andando de novo... Mas não era mais a Srta. Emma. Babava e sua pele era cinzenta, os olhos eram monótonos como os de um cadáver. E, quando ela começou a... apodrecer... meu pai a levou a Inverness e a enterrou. Ele a matou primeiro. — A bile subiu pela garganta de James e ele acrescentou, quase num sussurro: — Espero que a tenha matado primeiro.

Phil se virou devagar para olhar para James. Pela primeira vez naquela noite, havia algo mais do que horror e medo em sua expressão. Algo como compaixão, pensou James.

James respirou fundo. Depois de 13 anos de silêncio, ele finalmente contava a história — a Phillip North, justamente a ele. Mas não era bom pensar no absurdo da situação. Ele tinha um objetivo a cumprir.

— Aceite meu conselho. Se não convencer Poppy a me receber, cuide para que não façam uma autópsia nela. Não vai querer vê-la andando por aí sem órgãos internos. E prepare uma estaca de madeira para quando não suportar mais olhar para ela.

A compaixão sumiu dos olhos de Phil. Sua boca era uma linha dura e trêmula.

— Não vamos deixar que ela se transforme num... numa aberração semimorta — disse ele. — Nem numa vampira. Lamento pelo que aconteceu a sua Srta. Emma, mas isso não muda nada.

— A *Poppy* é que deve decidir...

Mas Phillip já chegara a seu limite e agora só balançava a cabeça.

— Fique longe de minha irmã — disse ele. — É só o que eu quero. Se obedecer, eu o deixarei em paz. E, se não obedecer...

— O quê?

— Vou contar a todo mundo de El Camino quem você é. Vou contar à polícia e ao prefeito, e vou gritar no meio da rua.

James sentiu as mãos gelarem. O que Phil não percebia era que ele tinha acabado de obrigar James a matá-lo. Não era só porque qualquer humano que topasse com os segredos do Mundo das Sombras tivesse de morrer; um humano que ameaçasse ativamente *contar* sobre o Mundo das Sombras tinha que morrer imediatamente, sem perguntas, sem misericórdia.

De repente James ficou tão cansado que não conseguia enxergar direito.

— Saia daqui, Phil — disse ele numa voz que não tinha nem emoção nem vitalidade. — Agora. E, se quiser proteger Poppy, não conte nada a ninguém. Porque eles vão descobrir que Poppy também conhece os segredos. E vão matá-la...

Depois de levá-la para interrogatório. Não vai ser nada divertido.

— *Eles* quem? Seus pais?

— O Povo das Sombras. Estamos em toda parte, Phil. Qualquer pessoa que você conheça pode ser um... Inclusive o prefeito. Então fique de boca fechada.

Phillip o fitou pelos olhos semicerrados. Depois se virou e foi para a frente da loja.

James não conseguia se lembrar de quando se sentiu tão vazio. Tudo o que fez deu errado. Poppy agora corria mais riscos do que ele podia calcular.

E Phillip North achava que ele era anormal e cruel. O que Phil não sabia era que, na maior parte do tempo, James concordava com ele.

Phillip estava a meio caminho de casa quando se lembrou de que tinha deixado cair a sacola com o suco de cranberry e os pirulitos de cereja de Poppy. Poppy mal comia nos últimos dois dias e, quando ficava com fome, queria comer alguma coisa esquisita.

Não; alguma coisa *vermelha*, percebeu ele enquanto parava pela segunda vez na 7-Eleven. Ele sentiu uma náusea no estômago. Tudo o que ela queria ultimamente era vermelho e pelo menos semilíquido.

Será que Poppy tinha percebido isso?

Ele a olhou atentamente quando foi ao quarto para lhe dar um pirulito. Agora Poppy passava a maior parte do tempo na cama.

E ela estava tão pálida e imóvel. Os olhos verdes eram a única coisa viva nela. Eles dominavam o rosto, cintilando com uma consciência quase selvagem.

Cliff e a mãe de Phil falavam de contratar enfermeiras para ficar o tempo todo com ela.

— Não gostou do pirulito? — perguntou Phil, arrastando uma cadeira para o lado da cama.

Poppy olhava a coisa com nojo. Deu uma lambida e fez uma careta.

Phillip a observava.

Mais uma lambida. Depois colocou o pirulito num copo vazio de plástico na mesa de cabeceira.

— Sei lá... Só não estou com fome — disse ela, recostando-se nos travesseiros. — Desculpe por ter feito você sair à toa.

— Está tudo bem. — *Meu Deus, ela parece doente*, pensou Phil. — Tem mais alguma coisa que possa fazer por você?

De olhos fechados, Poppy balançou a cabeça. Um movimento mínimo.

— Você é um irmão bonzinho — disse ela, distante.

Ela era tão cheia de vida, pensou Phil. *Papai a chamava de quilowatt ou Duracell. Antigamente ela irradiava energia.*

Sem que pretendesse fazer isso, ele se viu dizendo:

— Eu vi James Rasmussen hoje.

Poppy enrijeceu. As mãos no cobertor não formaram punhos, mas garras.

— É melhor que ele fique longe daqui!

Havia alguma coisa sutilmente errada na reação dela. Algo que não era típico de Poppy. Poppy podia ficar furiosa, é verdade, mas Phil nunca ouvira aquele tom animal em sua voz.

Uma imagem surgiu na mente de Phil. Uma criatura de *A noite dos mortos-vivos*, andando apesar de ter os intestinos cuspindo para fora. Um cadáver vivo como o da Srta. Emma de James.

— 106 —

Era isso mesmo o que aconteceria com Poppy se ela morresse agora? Será que ela já se transformara tanto?

— Vou arrancar os olhos dele se ele aparecer aqui — disse Poppy, os dedos mexendo no cobertor como um gato afiando as unhas.

— Poppy... ele me contou a verdade sobre o que ele é.

Estranhamente, Poppy não teve reação.

— Ele é um lixo — disse ela. — Um réptil.

Algo na voz dela deu arrepios em Phillip.

— E eu disse a ele que você jamais ia querer se transformar numa coisa daquelas.

— Não ia mesmo — disse Poppy bruscamente. — Não se isso significa andar por aí com *ele* pela eternidade. Nunca mais quero vê-lo.

Phil a olhou por um longo tempo. Depois se recostou e fechou os olhos, o polegar apertando a têmpora, onde mais doía.

Não estava só sutilmente errado. Ele não queria acreditar, mas Poppy estava *estranha*. Irracional. E, agora que pensava no assunto, ela vinha ficando cada vez mais esquisita desde que James fora expulso da casa.

Então talvez ela *estivesse mesmo* num estado intermediário sinistro. Não era humana nem vampira. E não conseguia raciocinar com clareza. Exatamente como James falara.

A Poppy é que deve decidir.

Havia uma pergunta que ele queria fazer a ela.

— Poppy? — Ele esperou até que ela o olhasse, os olhos verdes e grandes não piscavam. — Quando conversamos, James disse que você concordou em deixar que ele... mudasse você. Antes de você ficar chateada com ele. É verdade?

As sobrancelhas de Poppy se ergueram.

— Eu estou chateada com ele — confirmou ela, como se fosse a única parte da pergunta que tivesse compreendido.

— E você sabe por que gosto de você? Porque você sempre o odiou. Agora somos dois.

Phil refletiu por um instante, e depois falou com cautela.

— Tudo bem. Mas, quando você *não estava* chateada com ele, naquela época, você queria se transformar... no que ele é?

De repente um lampejo de racionalidade apareceu nos olhos de Poppy.

— Eu só não queria morrer — disse ela. — Estava com tanto medo... Eu queria viver. Se os médicos pudessem fazer alguma coisa por mim, eu tentaria. Mas eles não podem. — Ela agora se sentava, olhando o vazio como se visse algo terrível. — Você não sabe como é saber que vai morrer — sussurrou ela.

Ondas de arrepios tomaram Phillip. Não, ele não sabia como era, mas sabia — de repente podia imaginar nitidamente — como seria para *ele* depois que Poppy morresse. Como o mundo ficaria vazio sem ela.

Por um bom tempo, os dois ficaram sentados em silêncio.

Depois, Poppy se recostou novamente nos travesseiros. Phillip podia ver marcas azuis-claras sob seus olhos, como se a conversa a houvesse exaurido.

— Acho que isso não importa — disse ela numa voz fraca, mas tentando parecer animada. — Eu não vou morrer mesmo. Os médicos não sabem de tudo.

Então é assim que ela está lidando com isso, pensou Phillip. *Numa completa negação.*

Mas ele tinha todas as informações de que precisava. Tinha uma visão clara da situação. E sabia o que precisava fazer.

— Vou deixar você descansar um pouco — disse ele a Poppy, afagando sua mão. Estava muito fria e frágil, os ossinhos aparentes, como a asa de um passarinho. — A gente se vê depois.

Ele saiu de fininho da casa sem dizer a ninguém aonde ia. Na rua, dirigiu rápido demais. Levou apenas dez minutos para chegar ao prédio.

Phillip nunca tinha estado no apartamento de James.

James atendeu à porta com frieza.

— O que está fazendo aqui?

— Posso entrar? Tenho que lhe dizer uma coisa.

Inexpressivo, James recuou para que Phil entrasse.

O lugar era espaçoso e frugal. Havia uma única cadeira ao lado de uma mesa abarrotada, uma escrivaninha igualmente abarrotada e um sofá quadrado e nada bonito. Caixas de papelão cheias de livros e CDs formavam pilhas nos cantos. Uma porta levava a um quarto espartano.

— O que você quer?

— Antes de mais nada, preciso te explicar uma coisa. Sei que não pode deixar de ser quem é... mas eu também não posso evitar o que sinto. Você não pode mudar, nem eu. Preciso que, antes de tudo, você entenda isso.

James cruzou os braços, cansado, em desafio.

— Dispenso o sermão.

— Só preciso ter certeza de que você entendeu, está bem?

— O que você *quer*, Phil? — Phil engoliu em seco. Precisou de mais duas ou três tentativas para conseguir que as palavras rompessem o bloqueio de seu orgulho.

— Quero que ajude a minha irmã.

Capítulo 9

oppy se remexia na cama.

Estava infeliz. Era uma infelicidade ardente e inquieta que parecia formigar sob sua pele. Vinha do corpo, e não da mente. Se ela não estivesse tão fraca, teria se levantado e tentado correr para se livrar da sensação. Mas agora seus músculos viraram espaguete e ela não correria para lugar nenhum.

Sua mente estava simplesmente turva. Ela não tentava mais pensar. Era melhor quando dormia.

Mas, esta noite, Poppy não conseguia dormir. Ainda sentia o gosto do pirulito de cereja silvestre nos cantos da boca. Teria tentado se livrar do sabor lavando a boca, mas pensar em água a deixava um tanto nauseada. A água não adiantaria. Não era disso que precisava.

Poppy se virou e enfiou a cara no travesseiro. Não sabia do que precisava, mas sabia que não conseguiria.

Um som suave veio do corredor. Passos. Os passos de pelo menos duas pessoas. Não pareciam da mãe e de Cliff, e de qualquer modo eles já tinham ido dormir.

Houve a mais leve batida na porta, depois um leque de luz se abriu no chão enquanto a porta se entreabria. Phil sussurrou:

— Poppy, está dormindo? Posso entrar?

Para uma indignação que aos poucos crescia em Poppy, ele *entrava*, sem esperar por uma resposta. E havia alguém com ele.

Não era só alguém. Era *o* alguém. Aquele que mais magoara Poppy. O traidor. James.

A raiva deu a Poppy a força de que precisava para se sentar.

— Saia! Eu vou machucar você! — A mensagem mais primitiva e básica de alerta. Uma reação animal.

— Poppy, por favor, me deixe falar com você — disse James. E depois aconteceu uma coisa incrível. Até Poppy, em sua confusão, reconheceu que era incrível.

— Por favor, Poppy, aceite — disse Phil. — Ouça o que ele tem a dizer.

Phil apoiando James?

Poppy ficou confusa demais para protestar enquanto James se aproximava e se ajoelhava ao lado de sua cama.

— Poppy, eu sei que está aborrecida. E é minha culpa; eu cometi um erro. Não queria que Phil soubesse o que realmente estava acontecendo e disse a ele que só estava fingindo que gostava de você. Mas não era verdade.

Poppy franziu o cenho.

— Se investigar seus sentimentos, vai *saber* que não é verdade. Você está se transformando numa telepata e acho que já tem poder suficiente para ler minha mente.

Atrás de James, Phil se agitou como se a menção da telepatia o inquietasse.

— *Eu mesmo* posso dizer que não é verdade — disse Phil, o que levou Poppy e James a olharem com surpresa. — Foi uma coisa que descobri quando conversei com você — acrescentou Phil, falando com James sem olhar para ele. — Você pode ser uma espécie de monstro, mas gosta realmente de Poppy. Não está tentando feri-la.

— *Agora* você enfim entendeu? Depois de provocar tudo isso...? — James se interrompeu e balançou a cabeça, virando-se para Poppy. — Poppy, concentre-se. Sinta o que estou sentindo. Encontre a verdade sozinha.

Não vou e você não pode me obrigar, pensou Poppy. Mas a parte dela que queria saber a verdade era mais forte do que a parte irracional e colérica. Insegura, ela *tateou* por James — não com a mão, mas com a mente. Não poderia descrever a ninguém como fazia isso. Simplesmente fez.

E ela encontrou a mente de James, brilhante como um diamante e ardendo de intensidade. Não era como estar una com ele, como esteve quando os dois partilharam sangue. Era como olhar para ele de fora, sentindo suas emoções de longe. Mas bastou. O calor, o desejo e o instinto de proteção dele por ela eram claríssimos. E também a angústia: a dor que James sentia por saber que ela sofria — o que ele odiava.

Os olhos de Poppy marejaram.

— Você gosta mesmo de mim — sussurrou ela.

Os olhos cinzentos de James encontraram os dela e neles havia uma expressão que Poppy não se lembrava de ter visto.

— O Mundo das Sombras tem duas regras fundamentais — disse ele com a voz firme. — Uma é não contar aos humanos que ele existe. A outra é não se apaixonar por uma humana. Eu infringi as duas.

Poppy estava vagamente ciente de que Phillip saía do quarto. O leque de luz se contraiu enquanto ele fechava um pouco a porta. O rosto de James ficou parcialmente nas sombras.

— Eu nunca pude lhe dizer como me sentia — disse James. — Nem mesmo pude admitir a mim mesmo. Porque isso a coloca num perigo terrível. Nem imagina o risco que corre.

— E você também — disse Poppy. Era a primeira vez que ela realmente pensava no assunto. Agora a ideia surgia de sua consciência desorganizada como uma bolha em uma panela de cozido. — Quero dizer — disse ela devagar, tentando esclarecer —, se contar a um humano ou amá-lo contraria as regras, e você as infringiu, então deve haver algum castigo para *você*...

— Mesmo antes de dizer isso, ela sabia qual era o castigo.

O rosto de James mergulhou ainda mais nas sombras.

— Não se preocupe com isso — disse ele em sua antiga voz, a voz do sujeito frio.

Poppy nunca foi de aceitar conselhos; nem mesmo de James. Uma onda de irritação e raiva a tomou — uma onda animal, como o desassossego febril. Ela sentia os olhos se estreitando e os dedos em garra.

— Não me diga com o que devo me preocupar!

Ele franziu a testa.

— Não me diga para não dizer... — começou ele, porém depois se interrompeu. — Mas o que estou fazendo? Você ainda está doente da transformação e eu estou parado aqui. — Ele dobrou a manga da jaqueta e passou a unha pelo pulso. Onde a unha cortou, brotou o sangue.

Parecia preto no escuro. Mas Poppy percebeu que seus olhos estavam fixos na gota de líquido com fascínio. Seus lábios se separaram e a respiração ficou acelerada.

— Ande — disse James, estendendo o pulso diante dela. No segundo seguinte, Poppy tinha avançado e fixado a boca nele como se tentasse salvá-lo de uma picada de cobra.

Era tão natural, tão fácil. Era *disso* que ela precisava quando despachava Phil para comprar pirulitos e suco de cranberry. Essa coisa doce e suculenta era genuína e não havia nada parecido. Poppy bebeu avidamente.

Estava tudo perfeito: a proximidade, o gosto forte e vermelho-escuro; a energia e a vitalidade que fluía por ela, aquecendo-a até a ponta dos dedos. Melhor ainda, porém, do que qualquer sensação, era o toque da mente de James. Deixava Poppy tonta de prazer.

Como podia ter perdido a confiança nele? Parecia ridículo, agora que ela podia *sentir*, diretamente, o que ele sentia por ela. Ela jamais conheceu alguém como conhecia James.

Desculpe, pensou ela para ele, e sentiu seu pensamento aceito, perdoado, estimado. Abraçado delicadamente no berço da mente de James.

Não foi sua culpa, ele lhe disse.

A mente de Poppy parecia estar clareando a cada segundo que passava. Era como acordar de um sono pesado e desagradável. *Não quero que isso termine nunca*, pensou ela, sem se dirigir especificamente a James, mas simplesmente divagando.

Porém Poppy sentiu uma reação nele — e depois o sentiu sepultar a reação rapidamente. Mas não com rapidez suficiente. Poppy percebeu.

Os vampiros não fazem isso um com o outro.

Poppy ficou chocada. Eles nunca teriam essa glória depois que ela se transformasse? Ela nem acreditou; recusava-se a isso. Devia haver um jeito...

— 114 —

De novo, ela sentiu o começo de uma reação em James, mas, assim que tentou captá-la, ele puxou gentilmente o pulso.

— É melhor não tomar mais esta noite — disse, e sua voz no mundo real pareceu estranha aos ouvidos de Poppy. Não era parecida com o *James* que ela tocara mentalmente, e agora ela não o conseguia sentir direito. Eles eram dois seres separados. O isolamento era terrível.

Como sobreviveria se nunca mais pudesse alcançar a mente de James? Se tivesse de usar *palavras*, que, de repente, pareciam tão desajeitadas para a comunicação como sinais de fumaça? Se ela nunca mais voltasse a sentir James, todo seu ser se abrindo para ela?

Era cruel e injusto, e todos os vampiros deviam ser idiotas se pudessem se contentar com menos.

Antes que Poppy pudesse abrir a boca para tentar explicar isso verbalmente a James, a porta se mexeu. Phillip olhou o quarto.

— Entre — disse James. — Temos muito o que conversar.

Phil olhava para Poppy.

— Você está... — Ele parou e engoliu em seco, antes de terminar num sussurro rouco. — Melhor?

Não era preciso telepatia para sentir a repulsa. Ele olhava a boca de Poppy, depois virou o rosto rapidamente. Poppy percebeu o que ele devia estar vendo. Uma mancha, como se ela tivesse comido cerejas. Ela limpou os lábios com o dorso da mão.

O que ela queria dizer era: Isso não é nojento. Faz parte da Natureza. É uma maneira de dar a vida. É secreto e lindo. É *inteiramente correto*.

Mas o que ela disse foi:

— Não rejeite antes de ter experimentado.

A cara de Phillip se contorceu de horror. E o estranho era que, nesse aspecto, James concordava plenamente com ele. Poppy podia sentir — James também pensava que partilhar sangue era sombrio e cruel. Ele estava cheio de culpa. Poppy soltou um suspiro longo e exasperado e acrescentou:

— *Meninos...*

— Você está melhor — disse Phil, abrindo um sorriso fraco.

— Acho que antes devia estar bem bizarra — disse Poppy.

— Desculpe.

— *Bem* não é a palavra certa.

— Não foi culpa dela — disse James rispidamente a Phil.

— Ela estava morrendo... E alucinando, mais ou menos. Não tinha sangue suficiente para o cérebro.

Poppy balançou a cabeça.

— Não entendi. Você não tirou tanto sangue assim de mim da última vez. Como eu não tinha sangue suficiente para o cérebro?

— Não é isso — disse James. — Os dois tipos de sangue reagem um contra o outro... Eles lutam. Olha, se quiser uma explicação específica, é parecido com isso. O sangue vampiro destrói a hemoglobina... os glóbulos vermelhos... do sangue humano. Depois de destruir o bastante dos glóbulos vermelhos, você para de conseguir o oxigênio de que precisa para raciocinar direito. E, quando ele destrói mais, você não tem o oxigênio de que precisa para viver.

— Então o sangue vampiro é como um veneno — disse Phil, no tom de alguém que sabia disso o tempo todo.

James deu de ombros. Não olhou nem para Poppy nem para Phil.

— 116 —

— De certa forma. Por outro lado, é uma espécie de panaceia universal. Faz com que os ferimentos se curem mais rápido, faz a carne se regenerar. Os vampiros podem viver com muito pouco oxigênio porque suas células são resistentes demais. O sangue vampiro faz tudo... menos transportar oxigênio.

Uma luz surgiu na mente de Poppy. Uma revelação: a explicação para o mistério do Conde Drácula.

— Peraí um minutinho — disse ela. — É *por isso* que você precisa de sangue humano?

— É um dos motivos — disse James. — Existem algumas... algumas coisas mais místicas que o sangue humano faz conosco, mas a mais fundamental é nos manter vivos. Tomamos um pouco e ele transporta oxigênio por nosso sistema até que nosso próprio sangue o destrói. Depois tomamos um pouco mais.

Poppy se recostou.

— Então é isso. E é *tão* natural...

— Não há nada de natural nisso — disse Phil, a repulsa voltando à tona.

— Há, sim; é como aquele troço da aula de biologia. Simbiose...

— Não *importa* o que parece — disse James. — Não podemos ficar sentados aqui conversando sobre isso. Temos planos a fazer.

Houve um silêncio repentino enquanto Poppy percebia de que planos ele falava. Ela sabia que Phil percebia o mesmo.

— Você ainda não está fora de perigo — disse James com brandura, os olhos fixos nos de Poppy. — Será preciso mais uma troca de sangue, e você deve beber o mais rápido possível. Caso contrário, pode ter outra recaída. Mas precisamos planejar a próxima troca com cuidado.

— Por quê? — disse Phil, com seu jeito deliberadamente rimoso.

— Porque isso vai me matar — disse Poppy com simplicidade antes que James pudesse responder. E, quando Phil encolheu, ela continuou sem piedade: — É *disso* que se trata, Phil. Não é mais um joguinho meu e de James. Temos que encarar a realidade, e a realidade é que, de uma forma ou de outra, eu vou morrer em breve. E prefiro morrer e acordar vampira do que morrer e não acordar nunca.

Houve outro silêncio, durante o qual James pegou a mão de Poppy. Foi só então que Poppy percebeu que estava tremendo.

Phil levantou a cabeça. Poppy podia ver que o rosto dele estava exausto, e os olhos, sombrios.

— Somos gêmeos. Então como é que você vai ficar muito mais velha do que eu? — perguntou ele numa voz abafada.

Algum silêncio.

— Acho que amanhã à noite seria uma boa hora para isso — disse James. — É sexta-feira... Acha que pode conseguir que sua mãe e Cliff saiam à noite?

Phil piscou.

— Acho que... se Poppy parecer melhor, eles podem sair por um tempinho. Se eu disser que vou ficar com ela.

— Convença-os de que eles precisam de uma folga. Não quero os dois na casa.

— Não pode fazer com que eles não percebam nada? Como fez com aquela enfermeira no hospital? — perguntou Poppy.

— Não se eu tiver de me concentrar em *você* — disse James. — E há certas pessoas que não são influenciadas pelo controle da mente... Seu irmão, aqui, é uma delas. Sua mãe pode ser outra.

— Tudo bem; vou conseguir que eles saiam — disse Phillip. Ele engoliu em seco, obviamente pouco à vontade e tentando esconder o fato. — E, depois que eles saírem... o que vai ser?

James o olhou de um jeito inescrutável.

— Poppy e eu vamos fazer o que temos de fazer. E então *você* e eu vamos ver TV.

— Ver TV — repetiu Phil, num torpor.

— Preciso estar aqui quando o médico vier... E o pessoal da funerária.

Phil ficou completamente apavorado à menção da funerária. A própria Poppy, nesse aspecto, não se sentia tão animada consigo mesma. Se não fosse pelo sangue denso e estranho correndo por suas veias, acalmando-a...

— *Por quê?* — Phillip exigia uma resposta de James.

James balançou a cabeça, muito de leve. Não tinha expressão alguma.

— Preciso estar — disse ele. — Você entenderá depois. Por ora, confie em mim.

Poppy decidiu não pressionar.

— Então vocês dois terão de fazer as pazes amanhã — disse ela. — Na frente de mamãe e de Cliff. Senão, será muito esquisito vocês ficarem juntos.

— Vai ser muito esquisito, independentemente de qualquer coisa — disse Phil à meia-voz. — Tudo bem. Venha amanhã à tarde e vamos fazer as pazes. E vou conseguir que eles nos deixem com a Poppy.

James assentiu.

— Agora é melhor eu ir. — Ele se levantou. Phil recuou um passo para deixá-lo sair, mas James hesitou perto de Poppy.

— Você vai ficar bem? — perguntou ele em voz baixa.

Poppy assentiu com firmeza.

— Então, amanhã. — Ele tocou o rosto dela com a ponta dos dedos. O mais sutil dos toques, mas fez o coração de Poppy saltar e transformou as palavras dela na verdade. Ela *ficaria* bem.

Eles se olharam por um momento, depois James se virou.

Amanhã, pensou Poppy, olhando a porta se fechar nas costas dele. *Amanhã é o dia de minha morte.*

Uma coisa é certa, pensou Poppy, *não é muita gente que tem o privilégio de saber exatamente quando vai morrer.* Então não é muita gente que tem a chance de se despedir como Poppy pretendia.

Não importava que não estivesse *realmente* morrendo. Quando uma lagarta se transforma em borboleta, perde a vida de lagarta. Não escala mais os galhos, não come mais folhas.

Não teria mais El Camino High School, pensou Poppy. Não dormiria mais nesta cama.

Ela teria de deixar tudo para trás. A família, a cidade natal. Toda a sua vida humana. Começaria em um novo e estranho futuro sem ter ideia do que viria pela frente. Só o que podia fazer era confiar em James — e confiar na própria capacidade de adaptação.

Era como olhar uma estrada tênue e sinuosa que se estendia à frente e não poder ver para onde ia enquanto desaparecia na escuridão.

Não andaria mais de patins na calçada da Venice Beach. Não bateria os pés molhados no concreto na piscina pública de Tamashaw. Não faria mais compras no Village.

— 120 —

Para se despedir, ela olhou cada canto do quarto. Adeus, cômoda branca. Adeus, mesa onde escreveu centenas de cartas — o que era provado pelas manchas onde ela deixara cair cera de lacre na madeira. Adeus, cama, adeus cortinas brancas e enevoadas do dossel da cama que a faziam se sentir uma princesa árabe num conto de fadas. Adeus, aparelho de som.

Ai, pensou ela. *Meu som. E meus CDs. Não posso deixálos; não posso...*

Mas é claro que podia. Teria que fazer isso.

Devia ser bom que ela tivesse que se despedir do aparelho de som antes de sair do quarto. Isso a preparava para começar a lidar com a perda das *pessoas*.

— Oi, mãe — disse ela, trêmula, na cozinha.

— Poppy! Não sabia que estava acordada.

Ela abraçou a mãe com força, naquele momento, ciente de tantas pequenas sensações: a cozinha sob seus pés descalços, o leve aroma de coco do xampu no cabelo da mãe. Os braços da mãe ao seu redor e o calor do corpo dela.

— Está com fome, querida? Você parece muito melhor.

Poppy não suportava olhar a cara esperançosa e ansiosa da mãe, e a ideia de comer a deixava nauseada. Ela se enterrou no ombro da mãe.

— Só me abrace um pouquinho — disse ela.

Então lhe ocorreu que ela não conseguiria dizer adeus a todos, afinal. Não podia amarrar todas as pontas soltas de sua vida numa tarde. Podia ser privilegiada por saber que era seu último dia ali, mas iria embora como todo mundo: despreparada.

— Só quero que lembre que eu te amo — murmurou ela no ombro da mãe, piscando para reprimir as lágrimas.

Ela deixou que a mãe a levasse de volta para a cama. Passou o resto do dia dando telefonemas. Tentando saber *um pouco* mais da vida que estava prestes a deixar, das pessoas que devia conhecer. Tentando apreciar tudo, *rapidamente*, antes de ter de ir embora.

— Então, Elaine, eu sinto sua falta — disse ela no fone, os olhos fixos no sol que entrava pela janela.

— Mas então, Brady, como você está?

— E aí, Laura, obrigada pelas flores.

— Poppy, você está *bem*? — todos perguntavam. — Quando vamos ver você de novo?

Poppy não conseguiu responder. Queria poder ligar para o pai, mas ninguém sabia onde ele estava.

Ela também queria realmente ter *lido* a peça *Nossa cidade* quando precisou no ano anterior, em vez de usar resumos para fingir que leu. Agora só conseguia se lembrar de que era sobre uma menina morta que teve a chance de olhar um dia comum em sua vida e realmente apreciá-la. Podia ter ajudado a organizar seus sentimentos agora — mas era tarde demais.

Eu perdi muito da escola, percebeu Poppy. *Usei meu cérebro para ser mais esperta do que os professores — e isso não foi nada inteligente.*

Ela descobriu em si um novo respeito por Phil, que usava o cérebro para aprender coisas. Talvez afinal o irmão não fosse um caretinha ridículo. *Talvez — ah, meu Deus — ele estivesse certo o tempo todo.*

Estou mudando muito, pensou Poppy, e estremeceu.

Ela não sabia se era o sangue estranho em seu corpo, o próprio sangue ou só parte do amadurecimento. Mas estava mudando.

— 122 —

A campainha tocou. Poppy sabia quem era sem sair do quarto. Podia sentir James.

Ele está aqui para começar a encenação, pensou Poppy, e olhou o relógio. Incrível. Já eram quase quatro horas.

O tempo parecia literalmente voar.

Não entre em pânico. Você ainda tem horas, disse ela a si mesma, e pegou o telefone novamente. Mas pareciam ter se passado apenas minutos quando a mãe bateu na porta do quarto.

— Meu amor, Phil acha que a gente deve sair... E James está aqui... Mas eu disse a ele que não acho que você queira vê-lo... E não quero deixar você esta noite... — A mãe estava aturdida, o que não era característico dela.

— Não, estou feliz por ver o James. De verdade. E acho que vocês *deviam mesmo* dar uma volta. É sério.

— Bom... Fico feliz em saber que você e James fizeram as pazes. Mas ainda não sei...

Levou tempo para convencê-la, persuadir a mãe de que Poppy estava muito melhor, de que Poppy tinha semanas ou meses de vida pela frente. Que não havia motivos para ficar em casa nesta noite de sexta-feira em particular.

Por fim, a mãe de Poppy lhe deu um beijo e concordou. E não havia nada a fazer a não ser se despedir de Cliff. Poppy deu um abraço nele e finalmente o perdoou por não ser seu pai.

Você fez o melhor que pôde, pensou ela enquanto se soltava do terno escuro e olhava o queixo quadrado e sua expressão jovem. *E é você quem vai cuidar da mamãe — depois. Então eu te perdoo. Você é perfeito, é sério.*

E, depois, Cliff e a mãe estavam saindo e era a última vez, a última oportunidade de se despedir. Poppy os chamou e os dois se viraram e sorriram.

— 123 —

Quando eles se foram, James e Phil entraram no quarto de Poppy. Poppy olhou para James. Os olhos cinzentos estavam opacos, sem revelar nada de seus sentimentos.

— Agora? — disse ela com a voz um tanto trêmula.

— Agora.

Capítulo 10

— As coisas têm de estar certinhas — disse Poppy. — Deve estar tudo certo para isso. Pegue umas velas, Phil.

Phil estava pálido e abatido.

— Velas?

— O máximo que puder. E uns travesseiros. Preciso de travesseiros. — Ela se ajoelhou perto do aparelho de som para examinar uma pilha de CDs sem ordem nenhuma. Phil a olhou brevemente, depois saiu.

— *Structures from Silence...* Não. Repetitivo demais — disse Poppy, vasculhando a pilha. — *Deep Forest...* Não. Animado demais. Preciso de alguma coisa *ambiente*.

— Que tal este? — James pegou um CD. Poppy olhou a capa.

Music to Disappear In.

É claro. Era perfeito. Poppy pegou o CD e olhou nos olhos de James. Em geral, ele se referia aos acordes suaves e melancólicos de música ambiente como "New Age sentimentaloide".

— 125 —

— Você entende — disse ela em voz baixa.

— Sim. Mas você não está morrendo, Poppy. Não é uma cena de morte que está montando.

— Mas vou sumir. Estou mudando. — Poppy não conseguia explicar com exatidão, mas algo nela dizia que estava fazendo o que era certo. Ela estava morrendo para sua antiga vida. Era uma ocasião solene, uma Passagem.

E é claro que os dois sabiam que ela *podia* morrer para sempre, embora nenhum dos dois tivesse mencionado isso. James foi muito franco nesse aspecto — algumas pessoas não passavam pela transição.

Phil voltou com velas, velas de Natal, de emergência, velas votivas aromatizadas. Poppy o orientou a colocá-las em volta do quarto e acendê-las. Ela mesma foi ao banheiro para vestir sua melhor camisola. Era de flanela com estampa de moranguinhos.

Imagine só, pensou ela ao sair do banheiro. *Esta é a última vez que vou andar por este corredor, a última vez em que vou abrir a porta do meu quarto.*

O quarto estava lindo. O brilho suave das velas conferia uma aura de pureza, de mistério. A música era espiritual e suave, e Poppy sentia que podia cair nela para sempre, como caía em seus sonhos.

Poppy abriu o armário e usou um cabide para puxar o leão de pelúcia caramelo e um Bisonho cinza e macio da prateleira de cima. Ela os levou para a cama e os colocou ao lado da pilha de travesseiros. Talvez fosse idiotice, talvez fosse infantilidade, mas queria que eles estivessem com ela.

Poppy se sentou na cama e olhou para James e Phillip.

Os dois a fitavam. Phil estava claramente perturbado, tocando a boca para impedir que ela tremesse. James também estava apreensivo, embora só alguém que o conhecesse bem, como Poppy, teria percebido.

— Está tudo bem — disse-lhes Poppy. — Não estão vendo? *Eu* estou bem, então não há por que vocês não estarem.

E o estranho é que era verdade. Ela estava bem. Sentia-se calma agora, como se tudo tivesse se tornado muito simples. Ela via a estrada à frente e só o que precisava fazer era seguir, passo a passo.

Phil se aproximou para apertar a mão dela.

— Como é que isso... como isso funciona? — perguntou ele a James com a voz rouca.

— Primeiro vamos trocar sangue — disse James, falando com Poppy. Olhando apenas para ela. — Não precisa ser muito; você já está no limite para a transformação. Depois, os dois tipos de sangue entram em conflito... Numa espécie de última batalha, se pode entender. — Ele abriu um sorriso fraco e doloroso, e Poppy assentiu.

— Enquanto isso estiver acontecendo você vai se sentir cada vez mais fraca. E depois vai simplesmente... dormir. A transformação acontecerá enquanto estiver dormindo.

— E quando eu acordar? — perguntou Poppy.

— Vou lhe dar uma sugestão pós-hipnótica sobre isso. Dizer a você para acordar quando eu chamar. Não se preocupe; já pensei em todos os detalhes. Você só precisa descansar.

Nervoso, Phil passava as mãos no cabelo, como se só agora estivesse pensando nos detalhes com que ele e James teriam de lidar.

— Espere um pouco — disse ele, quase num resmungo. — Quando... quando você diz "dormir"... Ela vai parecer...

— Morta — completou Poppy quando a voz dele sumiu.

James olhou friamente para Phil.

— Sim. Já discutimos isso.

— E depois... nós vamos mesmo... o que vai *acontecer* com ela?

James fechou a carranca.

— Está tudo bem — disse Poppy com suavidade. — Diga a ele.

— Você sabe o que vai acontecer — disse James entredentes a Phillip. — Ela não pode simplesmente desaparecer. Teríamos a polícia *e* o Povo das Sombras atrás de nós, procurando por ela. Não, tem de parecer que ela morreu do câncer, e isso quer dizer que tudo deve acontecer exatamente como se ela *tivesse* morrido.

A expressão nauseada de Phil dizia que ele não estava lá muito racional.

— Tem certeza de que não há outro jeito?

— Tenho — disse James.

Phil molhou os lábios.

— Ah, meu Deus.

A própria Poppy não queria prolongar muito o assunto. E disse com firmeza:

— *Encare* isso, Phil. Tem que ser assim. E lembre-se: se não acontecer agora, vai acontecer daqui a algumas semanas... E pra valer.

Phil se segurava na armação de bronze da cama com tanta força que os nós dos dedos estavam brancos. Mas ele entendeu e ninguém se preparava para problemas melhor do que Phil.

— Tem razão — disse ele com a voz fraca, com a sombra de suas antigas maneiras eficientes. — Tudo bem, estou encarando.

— Então, vamos começar — disse Poppy, mantendo a voz calma e controlada. Como se estivesse lidando com tudo sem esforço algum.

— Não vai querer ver essa parte — disse James a Phil. — Saia e veja TV por uns instantes.

Phil hesitou, depois assentiu e saiu.

— Uma coisa — disse Poppy a James enquanto se arrastava para o meio da cama. — Depois do enterro... Bom, estarei dormindo, né? Não vou acordar... Sabe como é. Em meu lindo caixãozinho. — Ela olhou para ele. — É que sou meio claustrofóbica.

— Não vai despertar lá — disse James. — Poppy, eu não deixaria que isso acontecesse com você. Confie em mim; já pensei em tudo.

Poppy assentiu. *Eu confio em você*, pensou ela.

Depois estendeu os braços para ele.

Ele tocou em seu pescoço, para que ela levasse o queixo para trás. Enquanto o sangue era sugado, ela sentiu a mente atraída para a dele.

Não se preocupe, Poppy. Não tenha medo. Todos os pensamentos dele eram tremendamente protetores. E, embora isso só confirmasse que *havia* algo a temer, que podia dar tudo errado, Poppy se sentiu tranquila. Sentir diretamente o amor de James a deixava calma, inundada de luz.

De repente, ela sentiu como se seus horizontes tivessem se expandido quase ao infinito num segundo. Como se ela descobrisse uma nova dimensão. Como se não houvesse limites ou obstáculos para o que ela e James podiam fazer juntos.

Ela se sentia... livre.

Estou desmaiando, percebeu Poppy. Podia sentir a si mesma ficando mole nos braços de James. Desfalecendo como uma flor murcha.

Já bebi o bastante, disse James em sua mente. A boca animal e quente em seu pescoço recuou.

— Agora é a sua vez.

Desta vez, porém, ele não cortou o pulso. Tirou a camiseta e, com um gesto rápido e impulsivo, passou a unha pela base do pescoço.

Ah, pensou Poppy. Devagar, quase com reverência, ela se inclinou para a frente. A mão de James sustentava sua nuca. Poppy pôs os braços em volta dele, sentindo a proximidade da pele nua dele sob a flanela de sua camisola.

Era melhor assim. Mas, se James tinha razão, essa seria a última vez. Ela e James não voltariam a trocar sangue.

Não consigo me conformar com isso, pensou Poppy, mas não conseguia se concentrar em nada por muito tempo. Dessa vez, no lugar de limpar seu cérebro, o sangue vampiro fogoso e inebriante a deixava mais confusa. Mais pesada e sonolenta.

James?

Está tudo bem. É o começo da transformação.

Pesada... sonolenta... aquecida. Saltando em ondas salgadas do mar. Ela quase podia imaginar o sangue vampiro escorrendo por suas veias, conquistando tudo pelo caminho. Era sangue antigo, primordial. Transformava-a em algo ancestral, algo que está na Terra desde o alvorecer dos tempos. Algo primitivo e básico.

Cada molécula de seu corpo mudando...

Poppy, pode me ouvir? James a sacudia de leve. Poppy ficou tão envolvida pelas sensações que nem percebeu que não estava bebendo mais. James a aninhava.

— *Poppy.*

Foi um esforço abrir os olhos.

— Eu estou bem... Só... com sono.

Os braços dele se estreitaram em volta dela, depois ele a deitou com delicadeza no monte de travesseiros.

— Agora pode descansar. Vou chamar o Phil.

Mas, antes que saísse, deu-lhe um beijo na testa.

Meu primeiro beijo, pensou Poppy, os olhos se fechando de novo. *E estou sonolenta. Que ótimo.*

Ela sentiu a cama ceder sob o peso e olhou para cima, vendo Phil. Ele parecia muito nervoso, sentando com cautela, olhando para Poppy.

— E agora? — perguntou.

— O sangue vampiro está assumindo — disse James.

— Estou com muito sono — disse Poppy.

Não havia dor. Só uma vontade de sair planando. Seu corpo agora estava quente e entorpecido, como se ela estivesse isolada por uma aura densa e macia.

— Phil? Esqueci de dizer... Obrigada. Por ajudar. E por tudo. Você é um ótimo irmão, Phil.

— Não precisa dizer isso agora — respondeu Phil, tenso. — Pode dizer mais tarde. Ainda estarei aqui depois, sabia?

Mas podia não estar, Poppy pensou. *Tudo isso é uma aposta. E eu nunca a faria, só que a única alternativa era desistir sem nem mesmo tentar.*

— Eu lutei, não foi? Pelo menos eu lutei.

— Sim, lutou — disse Phil, a voz trêmula. Poppy não percebera que falava em voz alta. — Você sempre foi uma guerreira — disse Phil. — Eu aprendi muito com você.

O que era engraçado, porque ela aprendera muito com *ele*, mesmo que a maior parte só nas últimas 24 horas. Ela queria dizer isso a Phil, mas havia tanto a explicar, e ela estava tão cansada. A língua estava espessa; todo o corpo estava fraco e lânguido.

— 131 —

— Só... segure minha mão — disse ela, e pôde ouvir que sua voz não era mais alta do que um sussurro. Phillip pegou uma das mãos e James, a outra.

Isso era bom. Era assim que se fazia isso, com o Bisonho e o leão nos travesseiros ao lado dela e Phil e James segurando suas mãos, mantendo-a segura e ancorada.

Uma das velas tinha cheiro de baunilha; um cheiro confortável e caseiro. Um cheiro que a lembrava de ser criança. Wafers de baunilha e a hora da soneca. Assim é que devia ser. Só um cochilo no jardim de infância da Srta. Spurgeon, com o sol esparramado pelo chão e James em um colchonete ao lado dela.

Tão segura, tão serena...

— Ah, Poppy — sussurrou Phil.

— Está indo muito bem, garota — disse James. — Está tudo bem.

Era o que Poppy precisava ouvir. Ela se deixou levar pela música e *era mesmo* como cair em um sonho, sem medo. Era como ser uma gota de chuva caindo no mar que você mesmo criou.

No último momento, ela pensou: *Não estou pronta*. Mas já sabia a resposta a isso. Ninguém jamais esteve.

Mas ela fora idiota — tinha se esquecido da coisa mais importante. Nunca disse a James que o amava. Nem mesmo quando ele disse isso.

Ela tentou tomar ar, ter forças para falar. Mas era tarde demais. O mundo sumira e Poppy não conseguia mais sentir o próprio corpo. Estava flutuando no escuro e na música, e agora só o que podia fazer era dormir.

* * *

— Durma — disse James, inclinando-se para mais perto de Poppy. — Só acorde quando eu a chamar. Apenas durma.

Cada músculo do corpo de Phil estava rígido. Poppy parecia tão tranquila — pálida, com o cabelo espalhado em cachos acobreados no travesseiro, os cílios pretos no rosto e os lábios separados enquanto respirava suavemente. Parecia uma boneca de porcelana. Mas, quanto mais tranquila ficava Poppy, mais apavorado ficava Phil.

Posso lidar com isso, ele disse a si mesmo. Preciso *lidar com isso*.

Poppy expirou suavemente e, de repente, estava se mexendo. O peito subiu uma, duas vezes. A mão apertou a de Phil e os olhos se abriram — mas ela não parecia estar vendo nada. Simplesmente parecia assombrada.

— Poppy! — Phil a segurou, pegando um punhado da camisola de flanela. A irmã era tão pequena e frágil dentro dela. — Poppy!

O ofegar parou. Por um momento, Poppy ficou suspensa no ar; depois, os olhos dela se fecharam e ela caiu nos travesseiros. A mão pesava na de Phil.

Phil perdeu toda a racionalidade.

— Poppy! — disse ele, ouvindo o tom perigoso e desequilibrado na própria voz. — Vamos, Poppy. Poppy, acorde! — chamara em um tom crescente. Suas mãos tremiam violentamente, agarradas aos ombros de Poppy.

Outras mãos o puxaram.

— Mas que diabos está fazendo? — disse James em voz baixa.

— Poppy? Poppy? — Phil ainda a olhava. O peito da irmã não se mexia. O rosto dela tinha uma expressão — de libertação inocente. O tipo de frescor que só se vê em bebês.

E estava... mudando. Assumindo um tom branco e transparente. Era misterioso, espectral, e, embora nunca tivesse visto um cadáver, Phil sabia, por instinto, que era a lividez da morte.

A essência de Poppy a havia deixado. Seu corpo estava murcho e sem tônus, não era mais inflado pelo espírito vital. Sua mão pesava na de Phil; não era a mão de uma pessoa adormecida. A pele perdera o brilho, como se alguém tivesse respirado suavemente nela.

Phil atirou a cabeça para trás e soltou um ruído animal. Não era humano. Era um uivo.

— Você a matou! — Ele saiu da cama e se atirou em James. — Disse que ela só ia dormir, mas a matou! Ela está morta!

James não recuou com o ataque. Pegou Phil e o arrastou para o corredor.

— A audição é o último sentido a ser perdido — rosnou ele no ouvido de Phillip. — Talvez ela ainda possa *ouvir* você.

Phil se libertou e correu para a sala. Não sabia o que estava fazendo, só sabia que precisava destruir coisas. Poppy estava morta. Ela se fora. Ele pegou o sofá e o virou, depois chutou a mesa de centro. Pegou um abajur, puxou o fio da tomada e o atirou na lareira.

— Pare! — James gritou por sobre o estrondo. Phil o viu e correu para ele. O simples ímpeto derrubou James de costas na parede. Os dois caíram no chão, amontoados.

— Você... a matou! — Phil ofegava, tentando colocar as mãos no pescoço de James.

Prata. Os olhos de James brilhavam como o metal derretido. Ele pegou Phil pelos pulsos num aperto doloroso.

— Pare com isso *agora*, Phillip — sibilou James.

Algo no jeito como ele falou fez Phil parar. Quase soluçando, ele lutou para tomar ar.

— Se for preciso, vou matar *você*, para manter Poppy em segurança — disse James, a voz ainda selvagem e ameaçadora. — E ela só estará segura se você parar com isso e fizer exatamente o que eu disser. *Exatamente* o que eu disser. Entendeu? — Ele sacudiu Phil com força, quase batendo a cabeça dele na parede.

Estranhamente, foi a coisa certa a dizer. James falava que se importava com Poppy. E, embora parecesse estranho, Phil passara a confiar que James dizia a verdade.

A insanidade rubra e feroz no cérebro de Phil esmoreceu. Ele respirou fundo.

— Tudo bem. Entendi — disse ele com a voz rouca. Estava acostumado a estar no comando; de si mesmo e dos outros. Não gostava que James lhe desse ordens. Só que nesse caso, não havia utilidade para isso. — Mas... ela está morta, não está?

— Depende de sua definição — disse James, soltando-o e lentamente se levantando do chão. Ele olhou a sala com a boca rígida. — Não deu nada errado, Phil. Tudo saiu como devia... exceto por isso. Eu ia deixar que seus pais voltassem e a encontrassem, mas agora não temos essa opção. Não há como explicar essa bagunça; só contando a verdade.

— Que verdade?

— Que você foi lá, a achou morta e ficou perturbado. E eu liguei para seu pais... Sabe em que restaurante estão, não sabe?

— No Valentino's. Minha mãe disse que tiveram sorte em conseguir uma reserva.

— Muito bem. Vai dar certo. Mas, primeiro, temos que limpar o quarto. Tirar todas as velas e as coisas. Tem de ficar como se ela tivesse ido dormir como em qualquer outra noite.

Phil olhou a porta corrediça de vidro. Só começava a escurecer agora. Mas, ultimamente, Poppy andava dormindo muito.

— Vamos dizer que ela ficou cansada e disse para a gente ver TV — disse ele devagar, tentando dominar a vertigem e ser racional. — E, depois de um tempo, eu fui ver como Poppy estava.

— Isso — disse James, com um sorriso fraco que não chegava aos olhos.

Não levaram muito tempo para limpar o quarto. O mais difícil foi que Phil não parava de olhar para Poppy e, sempre que olhava, seu coração disparava. Ela parecia tão mínima, de corpo tão delicado... Um anjo de Natal em junho.

Ele odiou tirar os bichos de pelúcia de perto dela.

— Ela vai acordar, não vai? — disse ele, sem olhar para James.

— Meu Deus, espero que sim — disse James, e sua voz era muito cansada. Parecia mais uma oração do que um desejo. — Se ela não acordar, não precisa me procurar com uma estaca, Phil. Eu mesmo cuido disso.

Phil ficou chocado — e com raiva.

— Não seja idiota — disse ele com brutalidade. — Se Poppy valorizava alguma coisa... Se ela *valoriza* alguma coisa... é a vida. Desperdiçar sua vida seria um tabefe na cara dela. Além disso, mesmo que dê tudo errado, você fez o que podia. Culpar a si mesmo é idiotice.

James olhou para ele sem expressão e Phil percebeu que eles conseguiram se surpreender um com o outro. Depois James assentiu devagar.

— Obrigado.

Era um marco; a primeira vez que eles estavam precisamente no mesmo comprimento de onda. Phillip sentiu uma estranha ligação entre os dois.

Ele virou a cara e disse com ânimo:

— Não está na hora de ligar para o restaurante?

James olhou o relógio.

— Só mais uns minutos.

— Se esperarmos demais eles terão saído na hora em que ligarmos.

— Isso não importa. O que importa é que não tenhamos nenhum paramédico para ressuscitá-la nem levá-la ao hospital. O que quer dizer que ela precisa estar fria quando alguém tocar nela.

Phil sentiu uma onda de pavor vertiginoso.

— No fim das contas, você é uma víbora de sangue-frio.

— Só estou sendo prático — disse James num tom cansado, como se falasse com uma criança. Ele pegou uma das mãos brancas como mármore de Poppy, prostrada na cama.

— Muito bem. Está na hora. Vou telefonar. Se quiser, pode ficar furioso de novo.

Phil balançou a cabeça. Não tinha mais energia. Mas tinha vontade de chorar, o que era quase igualmente bom. Chorar sem parar como uma criança que estava perdida e machucada.

— Ligue para a minha mãe — pediu ele com a voz embargada.

Ele se ajoelhou ao lado da cama da irmã e esperou. A música de Poppy tinha parado de tocar e ele podia ouvir a TV na sala. Só percebeu que o tempo tinha passado quando ouviu um carro na entrada da casa.

Depois, encostou a testa no colchão de Poppy. Suas lágrimas eram autênticas. Naquele momento, ele tinha certeza de que a perdera para sempre.

— Prepare-se — disse James de trás dele. — Eles chegaram.

Capítulo 11

s horas seguintes foram as piores da vida de Phil. Antes de tudo, a mãe dele. Assim que ela entrou, as prioridades de Phil mudaram de querer que ela o confortasse para tentar reconfortá-la. E é claro que não havia conforto algum. Só o que ele pôde fazer foi se abraçar a ela.

É cruel demais, pensou ele vagamente. Devia haver uma maneira de contar à mãe. Mas ela jamais acreditaria e, se acreditasse, também correria perigo...

Por fim, os paramédicos chegaram, mas somente depois do Dr. Franklin.

— Eu o chamei — disse James a Phil durante um dos intervalos, quando a mãe de Phil chorava no ombro de Cliff.

— Por quê?

— Para simplificar tudo. Neste estado, os médicos podem emitir uma certidão de óbito se viram o paciente nos últimos vinte dias e sabem a causa da morte. Não queremos nenhum hospital nem legista.

Phil balançou a cabeça.

— E por quê? Qual é o seu problema com os hospitais?

— Meu problema — disse James numa voz clara — é que os hospitais fazem autópsias.

Phil ficou paralisado. Abriu a boca, mas não saiu nenhum som.

— E, nas funerárias, embalsamam. É por isso que preciso estar aqui quando vierem buscar o corpo. Preciso influenciar as mentes para que não a embalsamem nem costurem os lábios nem...

Phil partiu para o banheiro e vomitou. De novo odiava James.

Mas ninguém levou Poppy ao hospital, e o Dr. Franklin não falou em autópsia. Só segurou a mão da mãe de Phil e falou em voz baixa sobre como essas coisas podiam acontecer de repente, que pelo menos Poppy fora poupada de qualquer dor.

— Mas ela estava muito melhor hoje — sussurrou a mãe entre as lágrimas. — Ah, a minha menina, a minha menina... Ela estava piorando, mas hoje estava *melhor.*

— Acontece assim às vezes — disse o Dr. Franklin. — É quase como se eles se animassem para uma última explosão de vida.

— Mas eu não estava *perto* dela — disse, e agora não havia lágrima nenhuma; só o som raspado e terrível da culpa. — Ela estava sozinha quando morreu.

— Ela estava dormindo — disse Phil. — Só foi dormir e não acordou. Se olhar para ela, pode ver que estava tranquila.

Ele ficava dizendo coisas assim, e também Cliff e o médico, e, por fim, os paramédicos foram embora. Algum tempo depois, enquanto a mãe estava sentada na cama de Poppy e afagava seu cabelo, o pessoal da funerária chegou.

— Me deem alguns minutos — disse a mãe de Phil, de olhos secos e pálida. — Preciso de alguns minutos sozinha com ela.

Os homens da funerária se sentaram sem jeito na sala e James os fitou. Phil sabia o que estava havendo. James fixava a mente deles no fato de que não haveria embalsamamento.

— Motivos religiosos, é? — disse um dos homens a Cliff, rompendo o longo silêncio.

Cliff olhou para ele, as sobrancelhas se unindo.

— Do que está falando?

O homem assentiu.

— Eu entendo. Não tem problema.

Phil entendeu também. O que quer que o homem estivesse ouvindo, não era o que Cliff dizia.

— O único problema é que vocês vão querer fazer o velório o mais rápido possível — disse o outro homem a Cliff.

— Ou ter um caixão fechado.

— Sim, foi inesperado — disse Cliff, a expressão endurecendo. — Foi uma doença muito rápida.

Então agora ele não ouvia o que os homens diziam. Phil olhou para James e viu o suor escorrendo por seu rosto. Claramente era uma luta controlar três mentes ao mesmo tempo.

Por fim, Cliff foi ver a mãe de Phil. Ele a levou ao quarto principal para evitar que ela visse o que aconteceria.

O que aconteceu foi que os dois homens entraram no quarto de Poppy com um saco de cadáver e uma maca. Quando saíram, havia um volume pequeno e delicado no saco.

Phil sentiu que perdia a razão de novo. Queria chutar coisas. Queria correr uma maratona para fugir dali.

Mas seus joelhos começaram a vergar e sua visão escureceu.

Braços fortes o mantiveram de pé, levando-o a uma cadeira.

— Aguente — disse James. — Só mais uns minutos. Está quase acabando.

Nessa hora, Phil quase podia perdoá-lo por ser um monstro sanguessuga.

Era muito tarde naquela noite quando todos finalmente foram para a cama. Para a cama, mas não dormir. Phil era pura dor e infelicidade, da garganta aos pés, e ficou acordado com a luz acesa até que o sol nasceu.

A funerária parecia uma mansão vitoriana e a sala em que Poppy foi colocada estava cheia de flores e gente. Poppy estava num caixão branco com ferragem dourada e de longe dava a impressão de dormir.

Phil não gostava de olhar para ela. Em vez disso, olhou os visitantes que continuavam chegando e enchiam a capela funerária e as dezenas de bancos de madeira. Ele nunca tinha percebido que tanta gente amava Poppy.

— Ela era tão cheia de vida... — disse o professor de inglês.

— Nem acredito que ela se foi... — disse um colega do time de futebol de Phil.

— Nunca vou esquecê-la... — comentou uma das amigas, chorando.

Phil estava de terno preto e ficou ao lado da mãe e de Cliff. Era como uma fila de recepção para um casamento. A mãe ficava dizendo: "Obrigada por vir", e abraçava as pessoas. As pessoas passavam e iam tocar o caixão com gentileza e choravam.

— 142 —

E, no processo de receber tantos de luto, algo estranho aconteceu. Phil foi atraído para aquilo tudo. A realidade da morte de Poppy era *tão* palpável que toda a história de vampiro começava a parecer um sonho. Aos poucos, ele começou a acreditar na história que encenava.

Afinal, todos estavam tão seguros... Poppy tinha câncer e agora estava morta. Vampiros eram apenas uma superstição.

James não apareceu na capela.

Poppy sonhava.

Andava pelo mar com James. Era quente e ela podia sentir cheiro de sal, os pés estavam molhados e sujos de areia. Ela estava com um maiô novo, do tipo que muda de cor quando fica molhado. Esperava que James percebesse o maiô, mas ele não disse nada sobre isso.

Depois, ela notou que ele usava uma máscara. Era estranho, porque ele ia ficar com um bronzeado muito esquisito com a maior parte do rosto coberta.

"Não é melhor você tirar?", perguntou ela, pensando que ele poderia precisar de ajuda.

"Eu uso para a minha saúde", disse James — só que não era a voz de James.

Poppy ficou chocada. Estendeu a mão e tirou a máscara.

Não era James. Era um menino de cabelo louro-acinzentado, ainda mais claro do que o de Phil. Por que ela não percebera o cabelo dele antes? Os olhos eram verdes — e depois ficaram azuis.

"Quem é você?", perguntou Poppy. Estava com medo.

"Isso seria uma revelação." Ele sorriu. Os olhos eram violeta. Depois ele ergueu a mão e ela viu que ele segurava uma

— 143 —

papoula. Pelo menos tinha o formato de uma papoula, mas era preta. Ele acariciava o rosto dela com a flor.

"Lembre-se", disse ele, ainda sorrindo de um jeito curioso. "Magia ruim acontece."

"*Como é?*"

"Magia ruim acontece", disse ele e se virou, afastando-se. Ela se viu segurando a papoula. Ele não deixou pegadas na areia.

Poppy estava sozinha e o mar rugia. Nuvens se reuniam no céu. Ela queria acordar agora, mas não conseguia, e estava sozinha e assustada. Largou a flor enquanto a angústia a tomava.

"*James!*"

Phil se sentou na cama com o coração aos saltos.

Meu Deus, o que foi isso? Parecia um grito — na voz de Poppy.

Estou alucinando.

O que não era de admirar. Era segunda-feira, o dia do enterro de Poppy. Em cerca de quatro horas — Phil olhou o relógio — ele teria de estar na igreja. Não surpreendia que ele sonhasse com ela.

Mas ela parecia tão assustada...

Phil deixou a ideia de lado. Não foi tão difícil. Ele se convenceu de que Poppy estava morta, e os mortos não gritam.

Mas Phil teve um choque no enterro. O pai estava lá. Até vestia algo parecido com um terno, embora o paletó não combinasse com as calças e a gravata estivesse torta.

— Eu vim assim que soube...

— Ora, onde você *estava*? — disse a mãe de Phil, as linhas finas de tensão aparecendo em volta dos olhos, como sempre acontecia quando ela precisava lidar com o pai de Phil.

— Caminhando pelas montanhas Blue Ridge. Da próxima vez, eu juro, vou deixar um endereço. Vou verificar meus recados... — Ele começou a chorar. A mãe não disse mais nada. Só estendeu a mão para ele, e o coração de Phil se contorceu ao ver como os dois se apoiavam.

Ele sabia que o pai era irresponsável e irremediavelmente omisso no sustento dos filhos. Era excêntrico e um fracasso. Mas ninguém no mundo amara Poppy mais do que ele. Na hora, Phil não podia reprová-lo; nem mesmo com Cliff parado ali, servindo de comparação.

O choque veio quando o pai se virou para Phil antes do serviço fúnebre.

— Sabe de uma coisa? Ela apareceu para mim ontem à noite — disse ele em voz baixa. — O espírito dela, quero dizer, ele me visitou.

Phil o olhou. Era o tipo de declaração estranha que tinha provocado o divórcio. O pai sempre falava de sonhos peculiares e via coisas onde não havia nada. Para não falar de colecionar artigos sobre astrologia, numerologia e OVNIs.

— Eu não a vi, mas a ouvi chamando. Só queria que ela não parecesse tão assustada. Não conte à sua mãe, mas tenho a sensação de que ela não está tranquila. — Ele pôs as mãos no rosto.

Phil sentiu cada pelo da nuca se eriçar.

Mas a sensação sinistra foi tragada quase de imediato pela tristeza dos funerais. Ouvindo coisas como "Poppy viverá para sempre em nosso coração e em nossas lembranças". Um ataúde prateado seguia na frente para o cemitério de Forest Park e todos ficaram de pé no sol de junho enquanto o ministro religioso dizia as últimas palavras próximo ao caixão de Poppy. Quando Phil teve que colocar uma rosa no caixão, estava tremendo.

Foi terrível. Duas amigas de Poppy caíram em um pranto quase histérico. A mãe de Phil se curvou e teve de ser afastada do caixão. Não havia tempo para pensar — naquela hora nem mais tarde, na refeição improvisada na casa de Phil.

Mas foi na casa que os dois mundos de Phil entraram em choque. No meio de todo o tumulto de gente, ele viu James.

Ele não sabia o que fazer. James não combinava com o que estava havendo ali. Phil chegou a pensar em ir até ele e lhe dizer para ir embora, que a piada doentia tinha acabado.

Antes que pudesse fazer alguma coisa, James se aproximou e disse à meia-voz:

— Prepare-se para as onze horas desta noite.

Phil teve um sobressalto.

— Para o quê?

— Prepare-se, está bem? E leve umas roupas de Poppy. Qualquer coisa que não deem por falta. — Phil não disse nada e James o olhou de lado, exasperado.

— Temos que tirá-la, idiota. Ou quer que ela fique lá?

Estrondo. Era o som dos mundos em choque. Por um momento, Phil estava girando no espaço sem os pés em nenhum dos dois.

Depois, com o mundo normal em pedaços a seu redor, ele se encostou numa parede e sussurrou:

— Não posso. Não posso fazer isso. Você é louco.

— O louco aqui é você. Está agindo como se não tivesse acontecido. E você precisa ajudar, porque não posso fazer isso sozinho. No início ela vai ficar desorientada, como uma sonâmbula. Ela vai *precisar* de você.

Isso despertou Phil. Ele se sacudiu para ficar ereto e sussurrou:

— Você a ouviu ontem à noite?

James virou a cara.

— Ela não estava acordada. Só estava sonhando.

— Como podemos ouvi-la de tão longe? Até o meu pai a ouviu. Escute... — Ele pegou James pela lapela do casaco. — Tem certeza de que ela está bem?

— Um minuto atrás você estava convencido de que ela estava morta. Agora quer garantias de que ela está bem. Bom, não vou lhe dar nenhuma. — Ele encarou Phil de cima com olhos frios como gelo. — Nunca fiz isso na vida, está bem? Só estou seguindo o manual. E sempre há coisas que podem dar errado. *Mas* — disse ele tenso quando Phil abriu a boca — a única coisa que *sei* é que, se a deixarmos lá onde está, ela terá um despertar muito desagradável. Entendeu?

A mão de Phil se abriu lentamente e soltou a lapela do casaco.

— Entendi. Desculpe. É só que eu não consigo acreditar em tudo isso. — Ele levantou a cabeça e viu que a expressão de James tinha se suavizado um pouco. — Mas, se ela estava gritando ontem à noite, então estava viva, né?

— E forte — disse James. — Nunca conheci um telepata tão forte. Ela se tornará uma vampira com potencial.

Phil tentou não imaginar. É claro que James era um vampiro e parecia perfeitamente normal — na maior parte do tempo. Mas a mente de Phil ficava mostrando imagens de Poppy como um monstro de Hollywood. Olhos vermelhos, pele de giz e dentes pingando sangue.

Se ela sair assim, ele tentaria amá-la. Mas parte dele podia querer arrumar uma estaca.

* * *

O cemitério de Forest Park era inteiramente diferente à noite. A escuridão parecia muito densa. Havia uma placa no portão de ferro que dizia: "São proibidas as visitas após o poente", mas o portão estava aberto.

Eu não queria estar aqui, pensou Phil.

James seguiu com o carro pela única rua que passava sinuosa pelo cemitério e estacionou sob uma gingko imensa e antiga.

— E se alguém nos vir? Eles não têm seguranças ou coisa assim?

— Têm um vigia noturno. Ele está dormindo. Cuidei disso antes de pegar você. — James saiu e começou a pegar uma quantidade impressionante de equipamento no banco traseiro do Integra.

Duas lanternas pesadas. Um pé de cabra. Algumas tábuas velhas. Algumas lonas. E duas pás novas em folha.

— Me ajude a levar essas coisas.

— *Para que* tudo isso? — Mas Phil ajudou. O cascalho rangia sob seus pés enquanto ele seguia James por um dos pequenos caminhos sinuosos. Eles subiram em uma escada de madeira desgastada e desceram do outro lado, chegando à Terra da Fantasia.

Foi como chamou alguém no serviço fúnebre. Phil entreouvira dois amigos executivos de Cliff falando disso. Era uma parte do cemitério onde enterravam a maioria das crianças. Dava para saber sem nem mesmo olhar as lápides, porque nos túmulos havia ursinhos de pelúcia e coisas do gênero.

O túmulo de Poppy ficava bem na beira da Terra da Fantasia. É claro que ainda não tinha lápide; só uma placa de plástico verde.

James largou a carga na grama e se abaixou para examinar a terra com uma lanterna.

Phil ficou em silêncio, olhando o cemitério. Ainda estava com medo — em parte, com o medo normal de serem apanhados antes de terem terminado, e, em parte, com o medo sobrenatural de que *não terminassem*. Os únicos sons eram de grilos e do trânsito distante. Galhos de árvores e arbustos se mexiam suavemente no vento.

— Tudo bem — disse James. — Primeiro temos que tirar os rolos de grama.

— Hein? — Phil nem pensou no motivo para já haver grama no túmulo novo. Mas é claro que ainda não pegara; James encontrara a ponta de uma tira e a enrolava como um tapete.

Phil achou a outra ponta. As tiras tinham cerca de 2 metros por 50 centímetros de largura. Eram pesadas, mas não era difícil demais rolá-las e revelar o pé do túmulo.

— Deixe aqui. Temos que recolocá-las depois — grunhiu James. — Não podemos dar a impressão de que este lugar foi violado.

Uma luz se acendeu em Phil.

— *Por isso* a lona e essas coisas.

— É. Uma bagunça pequena não seria suspeita. Mas, se deixarmos terra espalhada por todo lado, alguém desconfiará. — James baixou as tábuas no perímetro do túmulo, depois espalhou as lonas de cada lado. Phil o ajudou a endireitá-las.

O que a grama recém-colocada escondia era terra argilosa. Phil posicionou a lanterna e pegou uma pá.

Não acredito que estou fazendo isso, pensou ele.

Mas fazia. E, desde que só pensasse no esforço físico, no trabalho de cavar um buraco no chão, ele ficaria bem. Ele se concentrou nisso e segurou com força na pá.

Passou direto pela terra, sem resistência. Era fácil erguer uma pá de terra e largá-la na lona. Mas, perto da décima terceira pá, ele estava ficando cansado.

— Isso é loucura. Precisamos de uma retroescavadeira — disse ele, enxugando a testa.

— Pode descansar, se quiser — disse James com frieza.

Phil entendeu. James era a retroescavadeira. Ele era mais forte do que qualquer um que Phil tivesse conhecido. Erguia uma pá de terra após outra sem esforço nenhum. Até parecia divertido.

— *Por que* não temos você em nenhum dos times da escola? — perguntou Phil, apoiando-se na pá.

— Prefiro esportes individuais. Como luta — disse James e sorriu, só por um momento, para Phil. Era o tipo de observação de vestiário que não podia ser mal compreendida entre dois homens. Ele pretendia dizer uma luta, por exemplo, com Jacklyn e Michaela.

E, naquele momento em particular, Phil não conseguiu deixar de sorrir também. Não conseguia invocar nenhuma reprovação hipócrita.

Mesmo com James, levou muito tempo para abrir a cova. Era mais larga do que Phil teria achado necessário. Quando a pá finalmente bateu em alguma coisa sólida, ele descobriu por quê.

— É a câmara — disse James.

— Mas *que* câmara?

— A câmara funerária. Eles colocam o caixão dentro, para que não seja esmagado se a terra desmoronar. Saia daí e me ajude com o pé de cabra.

Phil saiu do buraco e lhe passou o pé de cabra; agora podia ver a câmara. Era de concreto inacabado, e ele concluiu que era só uma caixa retangular com uma tampa. James erguia a tampa com o pé de cabra.

— Pronto — disse James, com um grunhido explosivo enquanto levantava a tampa e a deslizava, aos poucos, para trás da caixa de concreto. Por isso o buraco era tão largo: para comportar a tampa de um lado e James do outro.

E agora, olhando bem na cova, Phil podia ver o caixão. Por cima havia um borrifo de rosas amarelas meio esmagadas.

James respirava com dificuldade, mas Phil não achou que fosse pelo esforço. Seus próprios pulmões davam a impressão de que estavam sendo achatados e o coração martelava com força suficiente para sacudir seu corpo.

— Ah, meu Deus — disse ele em voz baixa, sem ênfase nenhuma.

James levantou a cabeça.

— É. É isso. — Ele empurrou as rosas para o pé do caixão. Depois, no que pareceu a Phil um movimento lento, começou a abrir as travas na lateral do caixão.

Quando estavam abertas, ele parou por um segundo, com as duas mãos sobre a superfície lisa do caixão. Depois ergueu o painel superior e Phillip pôde ver o que havia ali dentro.

Capítulo 12

Poppy estava lá dentro, deitada no forro de veludo branco, de olhos fechados. Estava muito pálida e estranhamente bonita — mas estaria morta?

— Acorde — disse James. Ele pegou a mão dela. Phillip teve a sensação de que James a chamava com a mente e com a voz.

Houve um longo e agonizante minuto em que nada aconteceu. James pôs a outra mão sob o pescoço de Poppy, erguendo-o um pouco.

— Poppy, está na hora. Acorde. Acorde.

As pálpebras de Poppy tremeram.

Algo estremeceu violentamente em Phillip. Ele queria soltar um grito de vitória e esmurrar a grama. Também queria fugir. Finalmente, caiu ao lado do túmulo, os joelhos cedendo completamente.

— Ande, Poppy, levante-se. Temos de ir — a voz de James era gentil e insistente, como se falasse com alguém que saísse de uma anestesia.

E era o que Poppy aparentava. Enquanto Phil olhava com fascínio, pasmo e pavor, ela piscou e rolou um pouco a cabeça, depois abriu os olhos. Fechou-os quase de imediato, mas James continuou falando com ela, e, logo em seguida, ela conseguiu mantê-los abertos.

Depois, com James insistindo gentilmente, ela se sentou.

— *Poppy* — disse Phil. Um desabafo involuntário. O peito dele inchava, ardendo.

Poppy levantou a cabeça, depois semicerrou os olhos e os desviou do facho da lanterna. Parecia irritada.

— Vamos — disse James, ajudando-a a sair pela metade aberta do caixão. Não foi difícil; Poppy era pequena. Com James segurando o braço dela, ela subiu na metade fechada do caixão e Phil estendeu a mão para o buraco, puxando-a.

Depois, com algo parecido como uma convulsão, ele a abraçou.

Quando recuou, ela piscou para ele. Um leve franzido enrugou sua testa. Ela lambeu o indicador e passou o dedo molhado no rosto dele.

— Está sujo — disse ela.

Ela podia falar. Não tinha olhos vermelhos nem uma pele de giz. Poppy estava mesmo viva.

Fraco de alívio, Phil a abraçou de novo.

— Ah, Deus, Poppy, você está bem! Você está bem!

Ele mal percebeu que ela não retribuía o abraço.

James saiu do buraco.

— Como se sente, Poppy? — perguntou ele. Não por educação; era uma pergunta baixa, sondando.

Poppy olhou para ele, depois para Phillip.

— Eu me sinto... bem.

— Que bom — disse James, ainda olhando-a como se ela fosse um gorila esquizofrênico de 300 quilos.

— Eu... estou com fome — disse Poppy, na mesma voz musical e agradável que usou antes.

Phil pestanejou.

— Por que não vai para lá, Phil? — disse James, fazendo um gesto para trás.

Phil começava a se sentir inquieto. Poppy estava... será que *sentia* o cheiro dele? Não eram fungadelas altas e úmidas, mas o farejar delicado de um gato. Ela estava farejando pelo ombro dele.

— Phil, acho que deve ir para lá — disse James, com mais ênfase. Mas o que aconteceu em seguida foi rápido demais para Phil começar a se mexer.

Mãos delicadas se fecharam como aço em torno de seu bíceps. Poppy sorriu para ele com dentes muito afiados, depois disparou como uma cobra no bote para o pescoço do irmão.

Eu vou morrer, pensou Phil com uma curiosa calma. Não podia lutar com ela, mas o primeiro golpe de Poppy falhou. Os dentes afiados rasparam o pescoço como dois atiçadores em brasa.

— Não, isso não — disse James. Ele passou o braço pela cintura de Poppy, tirando-a de Phil.

Poppy gemeu de decepção. Enquanto Phil lutava para se colocar de pé, ela o olhou como um gato observa um inseto interessante. Sem tirar os olhos dele — nem mesmo quando James falou com ela.

— Este é o seu irmão, Phil. Seu irmão gêmeo. Lembra?

Poppy limitou-se a olhar para Phil com as pupilas muito dilatadas. Phil percebeu que ela não parecia mais pálida e linda, mas desnorteada e faminta.

— Meu irmão? Um de nossa espécie? — perguntou ela, parecendo confusa. Suas narinas tremeram e os lábios se separaram. — O cheiro não é assim.

— Não, ele não é de nossa espécie, mas também não é para morder. Você terá de esperar um pouco para se alimentar. — A Phillip, ele disse: — Vamos tapar esse buraco, rápido.

No início, Phillip não conseguiu se mexer. Poppy ainda o olhava de um jeito sonhador, mas atento. Ficou parada ali no escuro com seu melhor vestido branco, suave como um lírio, com o cabelo caindo no rosto. E fitava o irmão com os olhos de um jaguar.

Ela não era mais humana. Era *outra coisa*. Ela mesma dissera isso, ela e James eram de uma espécie e Phil era a coisa diferente. Agora ela pertencia ao Mundo das Sombras.

Ah, meu Deus, talvez a gente devesse tê-la deixado morrer, pensou Phil, e pegou uma pá com as mãos flácidas e trêmulas. James já recolocara a tampa da câmara. Phil atirou terra ali sem olhar onde caía. Sua cabeça balançava como se o pescoço fosse uma bucha de chaminé.

— Não seja *idiota* — disse uma voz, e dedos duros se fecharam no pulso de Phil brevemente. Através de um borrão, Phil viu James.

— Ela não ficaria melhor morta. Só está confusa. É *temporário*, entendeu?

As palavras foram bruscas, mas Phil sentiu uma pequena onda de conforto. Talvez James tivesse razão. A vida era boa, de qualquer forma. E Poppy tinha escolhido aquilo.

Ainda assim, ela mudara, e só o tempo diria até que ponto.

Uma coisa era certa: Phil tinha cometido o erro de pensar que os vampiros eram como os humanos. Ele ficava tão à vontade com James que quase se esquecera de suas diferenças.

Ele não cometeria esse erro novamente.

* * *

Poppy se sentia maravilhosa — de quase todas as maneiras. Sentia-se misteriosa e forte. Sentia-se poética e cheia de possibilidades. Era como se tivesse se desfeito de seu antigo corpo como uma cobra que troca de pele, revelando um novo corpo por baixo.

E ela sabia, sem ter certeza de como, que não tinha câncer.

Acabou, a coisa terrível que se propagava dentro dela. Seu novo corpo a matara e a absorvera de alguma maneira. Ou talvez cada célula que compunha Poppy North, cada molécula, tivesse mudado.

O que quer que fosse, ela se sentia vibrante e saudável. Não só melhor do que antes de ter câncer, mas melhor do que podia se lembrar ter se sentido na vida. Tinha uma estranha consciência do próprio corpo, e seus músculos e articulações pareciam funcionar de um jeito suave e quase mágico.

O único problema era que ela estava com fome. Era preciso toda a sua força de vontade para não avançar no louro que estava no buraco. Phillip. O irmão dela.

Ela *sabia* que ele era seu irmão, mas ele também era humano e ela podia sentir a coisa suculenta e cheia de vida que corria por suas veias. O fluido eletrizante de que ela precisava para sobreviver.

Então pule nele, sussurrava parte de sua mente. Poppy franziu o cenho e tentou se livrar do pensamento. Sentiu algo na boca, cutucando o lábio inferior, e colocou o polegar ali por instinto.

Era um dente. Um dente curvo e delicado. Seus caninos eram longos, pontudos e muito sensíveis.

Que estranho. Ela esfregou gentilmente os dentes novos e, depois, com cautela, explorou-os com a língua. Ela os apertou no lábio.

Depois de um momento, eles voltaram ao tamanho normal. Se ela pensasse em humanos cheios de sangue como cerejas suculentas, eles cresciam novamente.

Ei, olha o que eu posso fazer!

Mas ela não se incomodou com os dois meninos sujos que enchiam a cova. Olhou em volta e tentou se distrair.

Estranho — não parecia ser dia nem noite. Talvez fosse um eclipse. Estava escuro para ser dia, mas brilhava demais para ser noite. Ela podia ver as folhas nos bordos e a barba-de-velho cinza pendendo dos carvalhos. Mariposas mínimas voavam em volta das epífitas e ela podia ver suas asas claras.

Quando olhou para o céu, teve um choque. Havia algo flutuando ali; uma coisa redonda e gigantesca que brilhava com uma luz prateada. Poppy pensou em naves espaciais, em mundos alienígenas, antes de perceber a verdade.

Era a *lua*. Só uma lua cheia comum. E o motivo para parecer tão grande e palpitante de luz era que ela agora tinha visão noturna. Por isso podia ver as minúsculas mariposas também.

Todos os seus sentidos estavam afiados. Cheiros deliciosos chegavam até ela — os cheiros de pequenos animais entocados e de aves palpitando delicadas. No vento vinha a sugestão hipnótica de um coelho.

E ela podia *ouvir* coisas. Uma vez girou a cabeça rapidamente quando um cachorro latiu ao lado dela. Depois ela percebeu que ele estava longe, fora do cemitério. Só parecia perto.

Aposto que também posso correr rápido, pensou ela. Suas pernas pareciam formigar. Ela queria correr por essa noite linda e gloriosamente aromática, ser una com ela. Poppy agora fazia *parte* dela.

James, disse ela. E o estranho era que ela disse isso sem falar em voz alta. Era algo que ela sabia fazer sem pensar.

James olhou. *Espere,* disse ele da mesma maneira. *Estamos quase acabando, garota.*

Depois vai me ensinar a caçar?

Ele assentiu, levemente. O cabelo dele caía na testa e ele estava adoravelmente desmazelado. Parecia a Poppy que nunca o vira realmente — porque agora ela via com novos sentidos. James não era só cabelos castanhos sedosos, olhos cinzentos enigmáticos e corpo de músculos leves. Tinha o cheiro da chuva de inverno e o som de seu coração de predador, a aura prateada de poder que ela podia sentir em volta dele. Ela podia sentir sua mente, ágil e implacável como de um tigre, mas, de algum modo, gentil e quase pesarosa ao mesmo tempo.

Agora somos parceiros de caça, disse-lhe ela com ansiedade. Ele sorriu em reconhecimento. Mas, em seu íntimo, ela sentiu que ele estava preocupado. Ou estava triste ou ansioso com alguma coisa; algo que o mantinha afastado dela.

Ela não conseguia pensar nisso. Não sentia mais fome... Sentia-se estranha. Como se tivesse dificuldades para tomar ar.

James e Phillip sacudiam as lonas, desenrolavam as tiras de grama fresca para cobrir o túmulo. O túmulo dela. Que gozado que ela não tivesse pensando nisso antes. Estivera deitada em um túmulo; deveria sentir repulsa ou medo.

Não sentiu. Não se lembrava de ter estado ali; não se lembrava de nada desde a hora em que foi dormir em seu quarto até ser despertada pelo chamado de James.

— 158 —

A não ser de um sonho...

— Tudo bem — disse James. Ele dobrava uma lona. — Podemos ir. Como se sente?

— *Hummm...* Meio estranha... Não consigo respirar fundo.

— Nem eu — disse Phil. Ele ofegava e enxugava a testa. — Não sabia que cavar um túmulo dava tanto trabalho.

James olhou indagativamente para Poppy.

— Acha que aguenta até meu apartamento?

— *Humm?* Acho que sim. — Poppy não sabia realmente do que ele estava falando. Aguentar como? E por que ir para o apartamento dele a ajudaria a respirar?

— Tenho alguns doadores seguros no prédio — disse James. — Não quero você nas ruas e acho que lá você vai se controlar melhor.

Poppy não perguntou o que ele queria dizer. Tinha problemas para pensar com clareza.

James queria que ela se escondesse no banco traseiro do carro. Poppy se recusou. Precisava se sentar na frente e sentir o ar noturno no rosto.

— Tudo bem — disse James por fim. — Mas pelo menos cubra o rosto com o braço. Vou pelas ruas de dentro. Você *não pode* ser vista, Poppy.

Não parecia haver ninguém nas ruas para vê-la. O ar chicoteava seu rosto e era frio e bom, mas não a ajudava a respirar. Por mais que ela tentasse, não conseguia respirar direito.

Estou hiperventilando, pensou ela. Seu coração disparava, e os lábios e a língua estavam secos como pergaminho. E, ainda assim, Poppy tinha a sensação de lhe faltar ar.

O que está *havendo* comigo?

E então começou a dor.

Pontadas agonizantes em seus músculos — como as cãibras que ela costumava ter quando saía em excursões na escola. Vagamente, através da dor, ela se lembrou de uma coisa que o professor de educação física tinha dito: "As cãibras aparecem quando seus músculos não conseguem sangue suficiente. Uma cãibra é um feixe de músculos morrendo de fome."

Ah, isso *dói. Dói.* Ela nem conseguia pedir ajuda a James; só o que podia fazer era se segurar na porta do carro e tentar respirar. Arfava e chiava, mas não adiantava nada.

Cãibras em toda parte — e agora estava tão tonta que via o mundo através de luzes cintilantes.

Poppy estava morrendo. Algo dera terrivelmente errado. Parecia que estava embaixo da água, tentando desesperadamente subir para tomar oxigênio — só que *não havia* oxigênio.

E depois ela viu a solução.

Ou sentiu o cheiro, na verdade. O carro tinha parado num sinal vermelho. A cabeça e os ombros de Poppy estavam para fora da janela — e, de repente, ela sentiu um sopro de vida.

Vida. Era do que precisava. Ela não pensou, simplesmente agiu. Com um só movimento, abriu a porta do carro e saltou para fora.

Ouviu o grito de Phil atrás dela e o grito de James em sua mente. Ignorou os dois. Nada importava; só acabar com a dor.

Ela agarrou o homem na calçada como um nadador que se afoga se agarra a um salva-vidas. Por instinto. Ele era alto e forte para um humano. Estava com um moletom escuro e jaqueta de couro. A barba espetava e a pele não era lá muito limpa, mas isso não importava. Ela não estava interessada no receptáculo; só na coisa vermelha, pegajosa e adorável que ele carregava.

Dessa vez, seu ataque foi de uma precisão impecável. Seus dentes maravilhosos se estenderam como garras e perfuraram o pescoço do homem. Penetrando como um daqueles antigos abridores de garrafa. Ele lutou um pouco e ficou flácido.

Em seguida, ela estava bebendo, a garganta banhada numa doçura de cobre. A mera fome animal assumiu enquanto ela drenava as veias. O líquido que enchia sua boca era feroz, bruto e primitivo, e cada gole lhe dava uma nova vida.

Ela bebeu sem parar e sentiu a dor desaparecer. No lugar dela, uma leveza eufórica. Quando parou para respirar, pôde sentir os pulmões inchando com um ar frio e sagrado.

Poppy se curvou para beber novamente, chupar, lamber, bebericar. O homem borbulhava por dentro e ela queria tudo.

Foi quando James puxou a cabeça dela para trás.

Ele falou ao mesmo tempo em voz alta e em sua mente, e sua voz era controlada, mas intensa.

— Poppy, desculpe. Desculpe. A culpa foi minha. Não devia ter deixado você esperando por tanto tempo. Mas agora já teve suficiente. Pode parar.

Ah... Confusão. Poppy estava perifericamente ciente de Phillip, seu irmão Phillip, olhando apavorado. James disse que ela *podia* parar, mas isso não significava que tivesse de se deter. Ela não *queria*. Agora o homem não lutava nada. Parecia inconsciente.

Ela investiu novamente. James a puxou para trás quase com rispidez.

– 161 –

— Escute — disse ele. Seus olhos eram tranquilos, mas a voz era dura. — É nessas horas que você pode escolher, Poppy. Quer *realmente* matar?

As palavras a trouxeram de volta à consciência num choque. Matar... era assim que se conseguia poder, ela sabia. O sangue era poder, vida, energia, comida e bebida. Se ela secasse esse homem como quem espreme uma laranja, teria o poder de sua essência. Quem sabia o que poderia fazer então?

Mas... ele era um homem, e não uma laranja. Um ser humano. Ela já fora um deles.

Devagar, com relutância, ela se ergueu e se afastou do homem, e James soltou um longo suspiro. Ele afagou o ombro dela e se sentou na calçada como se estivesse cansado demais para ficar de pé.

Phil estava arriado numa parede do prédio mais próximo.

Estava apavorado, e Poppy podia sentir isso. Podia até captar as palavras que ele pensava — palavras como *horripilante* e *imoral*. Toda uma frase que saía como: "Valeu a pena salvar a vida dela, se ela perdeu a alma?"

James virou a cabeça rapidamente para olhar para Phil e Poppy sentiu a chama prateada de sua raiva.

— Você não entende, não é? — disse ele com selvageria. — Ela podia ter atacado *você* quando quisesse, mas não atacou, embora estivesse morrendo. Você não sabe o que é a sede de sangue. Não é como estar com uma sede comum... Parece uma asfixia. Suas células começam a morrer de carência de oxigênio, porque seu próprio sangue não transporta oxigênio para elas. É a pior dor que existe, mas ela não tentou aplacá-la com você.

Phillip estava abalado. Olhou para Poppy, depois estendeu a mão, inseguro.

— Desculpe...

— Esqueça — disse James rispidamente. Ele deu as costas a Phil e examinou o homem. Poppy podia sentir que James estendia sua mente. — Estou dizendo a ele para esquecer isso — disse a Poppy. — Ele só precisa descansar um pouco e pode fazer isso aqui mesmo. Está vendo? As feridas já estão se curando.

Poppy viu, mas não conseguia ficar satisfeita. Ela sabia que Phil ainda a reprovava. Não só por uma coisa que fizera, mas pelo que ela *era*.

O que aconteceu comigo?, perguntou ela a James, atirando-se nos braços dele. *Eu me transformei numa coisa medonha?*

Ele a abraçou com força. *Você só é diferente. Não é medonha. O Phil é um idiota.*

Ela queria rir daquilo. Mas podia sentir um tremor de tristeza por trás do amor protetor de James. Era a mesma tristeza ansiosa que ela sentira nele mais cedo. James não gostava de ser um predador e agora transformara Poppy numa também. Seu plano fora muito bem-sucedido — e Poppy nunca jamais voltaria a ser a velha Poppy North.

E, embora ela pudesse ouvir os pensamentos de James, não era exatamente como a imersão total de quando eles trocaram sangue. Eles jamais poderiam ter aquela unidade novamente.

— Não existe alternativa — disse Poppy em voz alta. — Nós fazemos o que temos de fazer. Agora precisamos tirar o melhor disso.

Você é uma garota corajosa. Eu já lhe disse isso?

Não. E, se disse, não me importo de ouvir de novo.

Mas eles foram para o apartamento de James em silêncio no carro, com a depressão de Phil pesando no banco traseiro.

— Olha, pode levar o carro de volta para a sua casa — disse James enquanto descarregava o equipamento e as roupas de Poppy na garagem. — Não quero levar Poppy a nenhum lugar perto daqui e não quero que ela fique sozinha.

Phil olhou o prédio escuro de dois andares como se algo tivesse acabado de lhe ocorrer. Depois deu um pigarro. Poppy sabia por quê: o apartamento de James era um lugar famoso e ela nunca tivera permissão para visitá-lo à noite. Ao que parecia, Phil ainda tinha alguma preocupação fraterna pela irmã vampira.

— Você, hmm... não pode levá-la para a casa de seus pais?

— Quantas vezes eu preciso explicar? Não, não posso levar Poppy para a casa de meus pais porque meus pais não sabem que ela é uma vampira. Neste momento, ela é uma vampira ilegal, uma renegada, o que significa que precisa ficar escondida até que eu ajeite as coisas... De alguma maneira.

— Como... — Phil parou e balançou a cabeça. — Tudo bem. Esta noite, não. Vamos falar nisso mais tarde.

— Não, não "vamos" — disse James rispidamente. — Você não tem mais nada a ver com isso. Agora é comigo e com Poppy. Só o que você precisa é voltar e levar sua vida normal, mantendo a boca fechada.

Phil começou a dizer outra coisa, depois se reprimiu. Pegou as chaves com James. Depois olhou para Poppy.

— Estou feliz por estar viva. Eu te amo — disse ele.

Poppy sabia que ele queria abraçá-la, mas algo mantinha os dois afastados. Havia um vazio no peito de Poppy.

— Tchau, Phil — disse ela quando o irmão entrou no carro e partiu.

— 164 —

Capítulo 13

— Ele não entende — disse Poppy em voz baixa enquanto James destrancava a porta do apartamento. — Ele não entende que você também está arriscando a sua vida.

O apartamento era muito despojado e prático. Pé direito alto e cômodos espaçosos anunciavam que era caro, mas não havia muitos móveis. Na sala de estar, havia um sofá baixo e quadrado, uma mesa com computador e algumas imagens que pareciam orientais nas paredes. E livros. Caixas de papelão com livros empilhadas pelos cantos.

Poppy virou-se para ficar de frente para James.

— Jamie... *Eu* entendo.

James sorriu. Estava suado e sujo e parecia cansado. Mas sua expressão dizia a Poppy que tudo valera a pena.

— Não culpe o Phil — disse ele, com um gesto de desdém. — Na verdade, ele está lidando muito bem com as coisas. Eu nunca me revelei para um humano antes, mas acho que a maioria deles fugiria aos gritos e nunca mais voltaria. Ele está *tentando*, pelo menos.

Poppy assentiu e deixou o assunto de lado. James estava cansado, o que significava que eles deviam dormir. Ela pegou a bolsa de viagem que Phil tinha preparado com suas roupas e foi para o banheiro.

Mas não se trocou de imediato. Ficou fascinada com seu reflexo no espelho. Então era assim que ficaria a Poppy vampira...

Estava mais bonita, observou ela com uma satisfação contida. As quatro sardas no nariz sumiram. A pele era de uma palidez cremosa, como um anúncio de creme facial. Os olhos eram verdes como joias. O cabelo era soprado pelo vento em cachos rebeldes, cor de cobre metálico.

Não pareço mais uma ilustração de livro infantil, pensou ela. *Pareço selvagem, perigosa e exótica. Como uma modelo. Como uma estrela do rock. Como James.*

Ela se inclinou para examinar os dentes, futucando os caninos para fazê-los crescer. Depois recuou, arfando.

Os olhos. Não tinha percebido. *Ah, meu Deus, não admira que Phil tivesse ficado assustado.* Quando ela fazia isso, quando os dentes se estendiam, os olhos ficavam verde-prateados, misteriosos. Como os olhos de um felino caçador.

De repente, ela foi dominada pelo terror. Precisou se segurar na pia para conseguir continuar de pé.

Não quero isso, não quero isso...

Ah, encare, garota. Pare de reclamar. Como esperava ficar, uma Shirley Temple? Agora você é uma caçadora. Seus olhos ficam prateados e sangue tem gosto de cereja em conserva. E isso é tudo, e a alternativa era descansar em paz. Então encare.

Aos poucos, sua respiração desacelerou. Nos minutos seguintes, algo aconteceu dentro dela: ela *conseguiu*. Encontrou... aceitação. Parecia que alguma coisa cedia em sua garganta e em seu estômago. Agora não era estranha e sonhadora, como ficou quando foi despertada no cemitério; podia pensar com clareza em sua situação. E podia aceitá-la.

E consegui isso sem correr para James, pensou ela de repente, sobressaltada. *Não preciso dele para me reconfortar nem me dizer que está tudo bem. Eu posso ficar bem sozinha.*

Talvez seja o que acontece quando se enfrenta a pior coisa do mundo. Ela perdera a família, a antiga vida e talvez até sua juventude, mas descobriu a si mesma. E isso teria de compensar.

Poppy tirou o vestido branco pela cabeça e vestiu uma camiseta e uma calça de moletom. Depois foi de cabeça erguida até James.

Ele estava no quarto, deitado numa cama feita com lençóis marrons-claros. Ainda estava com as roupas sujas e tinha um braço cobrindo os olhos. Quando Poppy entrou, ele se mexeu.

— Vou dormir no sofá — disse ele.

— Não vai, não — disse Poppy com firmeza. Ela se jogou na cama ao lado dele. — Você está morto de cansaço e eu sei que estou segura com você.

James sorriu sem mexer o braço.

— Está segura por que estou morto de cansaço?

— Porque eu sempre fiquei segura com você. — Ela sabia disso. Mesmo quando era humana e seu sangue devia ter tentado James, ela ficou segura.

Ela o olhou deitado ali, o cabelo castanho desgrenhado, o corpo flácido, os Adidas desamarrados e sujos de terra. Ela notou os cotovelos dele, eram delicados.

— Eu me esqueci de dizer uma coisa antes — disse ela. — Só percebi que tinha esquecido quando estava... indo dormir. Esqueci de dizer que te amo.

James se sentou.

— Você só se esqueceu de pronunciar as palavras.

Poppy sentiu um sorriso puxar os lábios. Isso é que era incrível; a única coisa puramente boa no que acontecera com ela. Ela e James estavam juntos. A relação deles mudara — mas ainda tinha tudo o que ela valorizava na antiga. A compreensão, o companheirismo. Agora, acima de tudo, havia a nova excitação de descobrir um ao outro mais do que como grandes amigos.

E ela descobriu a parte dele que nunca conseguiu alcançar. Sabia seus segredos, conhecia-o por dentro. Os humanos nunca se conhecem dessa maneira. Eles jamais podem entrar na mente de outra pessoa. Toda a conversa do mundo não pode provar que você e o outro enxergam o mesmo tom de vermelho.

E, se ela e James nunca voltassem a se fundir como duas gotas de água, ela sempre poderia tocar a mente dele.

Com certa timidez, ela se encostou nele, se aconchegando em seu ombro. Em todas as vezes em que ficaram próximos, eles nunca se beijaram nem foram românticos. Agora, bastava ficar sentada ali daquele jeito, sentido a respiração de James, ouvindo o coração e absorvendo seu calor. E sentir o braço dele em seus ombros era quase *demais*, quase intenso demais de suportar, mas ao mesmo tempo era seguro e pacífico.

Era como uma música — uma daquelas canções doces e arrebatadoras que eriçam os pelos do braço. Que fazem você querer se atirar no chão e uivar. Ou cair de costas e se render completamente à música. Uma *daquelas* músicas.

James pegou a mão dela em concha, trouxe-a para os lábios e beijou a palma.

Eu te disse: não se ama alguém pela aparência, as roupas ou o carro. Ama-se porque ela canta uma música que ninguém pode entender, a não ser você.

O coração de Poppy inchou tanto que doeu.

Em voz alta, ela disse:

— Nós sempre entendemos a mesma música, mesmo quando éramos pequenos.

— No Mundo das Sombras, há um conceito chamado de princípio da alma gêmea. Diz que todo mundo tem uma alma gêmea por aí; só uma. E que essa pessoa é perfeita para você e é o seu destino. O problema é que quase ninguém chega a *encontrar* sua alma gêmea, por causa da distância. Então a maioria das pessoas passa a vida toda se sentindo incompleta.

— Acho que é verdade. Eu *sempre* soube que você era perfeito para mim.

— Nem *sempre*.

— Ah, sim. Desde que eu tinha 5 anos. Eu sabia.

— Eu teria sabido que você era perfeita para mim... Só que tudo o que aprendi dizia que era impossível. — Ele deu um pigarro e acrescentou: — Por *isso* eu fiquei com Michaela e todas as outras garotas, sabia? Eu não ligava para elas. Podia chegar perto delas sem infringir a lei.

— Eu sei — disse Poppy. — Quero dizer... Acho que sempre soube que era alguma coisa assim, um segredo. — Ela acrescentou: — James, o que eu sou agora? — Algumas coisas ela sabia por instinto; podia sentir em seu sangue. Mas queria saber mais, e sabia que James entenderia o motivo. Essa era a vida dela agora. Ela precisava saber das regras.

— Bem... — Ele se encostou melhor na guarda da cama, a cabeça tombada para trás e Poppy recostada sob seu queixo.

— Você é muito parecida comigo. Exceto por não poderem envelhecer ou ter famílias, os vampiros feitos são basicamente como o lâmias. — Ele se mexeu. — Vamos ver... Você já sabe que é capaz de enxergar e ouvir melhor do que os humanos. E tem um dom na leitura de pensamentos.

— Não os de todo mundo.

— Nenhum vampiro pode ler a mente de todo mundo. Muitas vezes só o que eu consigo é uma espécie de sensação geral do que as pessoas estão pensando. A única maneira certa de fazer a conexão é... — James abriu a boca e bateu os dentes. Poppy riu enquanto o som viajava por seu crânio.

— E com que frequência eu tenho que...? — ela bateu os dentes, simulando uma mordida.

— Se alimentar. — Ela sentiu que James ficava sério. — Cerca de uma vez por dia, em média. Caso contrário, vai ficar com sede de sangue. Pode comer comida humana, se quiser, mas não há nutrição alguma nela. O sangue é tudo para nós.

— E quanto mais sangue, mais poder.

— Basicamente, sim.

— Me fale do poder. Nós podemos... enfim, o que podemos fazer?

— Temos mais controle sobre nosso corpo do que os humanos. Podemos curar quase qualquer tipo de lesão... A não ser por madeira. A madeira pode nos ferir; até nos matar. — Ele bufou. — Então numa coisa os filmes estão certos: uma estaca de madeira no coração realmente matará um vampiro. E o fogo também.

— Podemos nos transformar em animais?

— Nunca conheci um vampiro com esse poder. Mas teoricamente é possível, e os metamorfos e os lobisomens fazem isso o tempo todo.

— Transformação em névoa?

— Jamais conheci um metamorfo que conseguisse fazer isso.

Poppy bateu o calcanhar na cama.

— E obviamente não precisamos dormir em caixões...

— Não, e não precisamos da terra natural também. Eu mesmo prefiro um colchão ortopédico, mas, se gostar de uma terrinha...

Poppy lhe deu uma cotovelada.

— *Humm*, podemos atravessar água corrente?

— Claro. E podemos entrar na casa das pessoas sem sermos convidados, e rolar em alho, se não se importar de perder os amigos. Mais alguma coisa?

— Sim. Me fale do Mundo das Sombras. — Agora era o lar de Poppy.

— Já te falei dos *clubs*? Temos *clubs* em toda cidade grande. E em muitas pequenas também.

— Que tipo de *clubs*?

— Bom, alguns são só umas espeluncas, alguns parecem bares, outros são como boates e alguns, como hospedarias... Estas são mais para adultos. Sei de um para jovens que é um depósito grande e antigo com rampas de skate. Você pode ficar por lá, usando as rampas. E acontecem leituras de poesia toda semana no Black Iris.

Black Iris, pensou Poppy. Isso a lembrava de alguma coisa. Algo desagradável...

O que ela disse foi:

— Que nome engraçado...

— Todos os *clubs* têm nomes de flores. As flores negras são os símbolos do Povo das Sombras. — Ele girou o pulso para mostrar o relógio a ela. Um relógio analógico, com uma íris negra no meio do mostrador. — Está vendo?

— Estou. Sabe de uma coisa? Eu percebi esse negócio preto, mas nunca olhei direito. Achei que era o Mickey.

Ele bateu de leve no nariz de Poppy, repreendendo-a.

— Isso é assunto sério, garota. Um desses identificará você a outros do Povo das Sombras... Mesmo que sejam estúpidos como os lobisomens.

— Você não gosta dos lobisomens?

— Eles são ótimos, se você gostar de QI de dois dígitos.

— Mas eles podem entrar nos *clubs*.

— Em alguns. O Povo das Sombras não pode se casar com os da própria espécie, mas se misturam: lâmias, vampiros feitos, lobisomens, os dois tipos de bruxos...

Poppy, que brincava de entrelaçar os dedos de maneiras diferentes, se mexeu, curiosa.

— Que dois tipos de bruxos?

— Ah... existe o tipo que sabe de sua herança e foi treinado, e o tipo que não sabe. Esse segundo tipo são o que os humanos chamam de paranormais. Às vezes, têm poderes latentes, e alguns nem são paranormais o bastante para *descobrir* o Mundo das Sombras, então não entram.

Poppy assentiu.

— Tá legal. Entendi. Mas e se um humano entrar num desses *clubs*?

— Ninguém deixaria. Os *clubs* não são o que você chamaria de ostensivo, e são sempre bem-guardados.

— Mas se *entrassem*...

James deu de ombros. Sua voz de repente ficou inexpressiva.

— Seriam mortos. A não ser que alguém quisesse pegar como brinquedo ou marionete. Isso significa um humano que basicamente sofre lavagem cerebral... Que vive com vampiros, mas não sabe disso por causa do controle da mente. Mais ou menos como sonâmbulos. Eu tive uma babá... — Sua voz falhou e Poppy podia sentir sua agonia.

— Pode me falar disso em outra hora. — Ela não queria que ele ficasse magoado de novo.

— Aham. — Ele parecia sonolento. Poppy se ajeitou com mais conforto contra ele.

Considerando sua última experiência quando foi dormir, era incrível que ela conseguisse até mesmo fechar os olhos. Mas conseguia. Estava com sua alma gêmea, então o que podia dar errado? Nada podia machucá-la ali.

Mas Phil tinha dificuldades para fechar os olhos.

Sempre que o fazia, via Poppy. Poppy dormindo no caixão. Poppy olhando para ele com um jeito de felino faminto. Poppy levantando a cabeça do pescoço daquele homem e revelando a boca suja, como se tivesse comido cerejas.

Ela não era mais humana.

E ele sabia o tempo todo que ela não facilitaria as coisas para que ele aceitasse.

Ele não podia — *não podia* — tolerar atacar as pessoas e rasgar os pescoços para jantar. E ele não sabia bem se era melhor encantar as pessoas e mordê-las e depois hipnotizá-las para que esquecessem. Todo o sistema era profundamente apavorante.

Talvez James tivesse razão: os humanos não conseguiam lidar com a ideia de que havia algo superior a eles na cadeia alimentar. Eles perderam contato com os ancestrais das cavernas, que sabiam como era ser caçado. Achavam que toda essa história primitiva estava para trás.

Se Phillip pudesse lhes dizer umas coisinhas...

O resultado era que ele não conseguia aceitar e Poppy não podia mudar. E a única coisa que tornava tudo suportável era que, de algum modo, ele a amava de qualquer maneira.

No dia seguinte, Poppy acordou no quarto escuro e acortinado e descobriu a outra metade da cama vazia. Mas não ficou alarmada. Instintivamente, estendeu a mente e... pronto. James estava na copa.

Ela se sentia... cheia de energia. Como um filhotinho louco para ficar solto num campo. Mas, assim que entrou na sala, sentiu que seus poderes ficavam mais fracos. E os olhos doíam. Ela semicerrou os olhos para a luz dolorosa de uma janela.

— É o sol — disse James. — Inibe todos os poderes vampiros, lembra? — Ele foi até a janela e fechou as cortinas — tinham *blackout*, como as do quarto. O sol de meio da tarde foi obstruído. — Isso deve ajudar um pouco... Mas é melhor você ficar aqui dentro até que escureça. Os novos vampiros são mais sensíveis.

Poppy captou alguma coisa nas entrelinhas.

— Você vai sair?

— Preciso. — Ele fez uma careta. — Tem uma coisa que esqueci... Meu primo Ash deve aparecer esta semana. Tenho que conseguir que meus pais me livrem dele.

– Não sabia que você tinha um primo.

Ele fez outra careta.

— Tenho muitos. Eles moram no Leste, numa cidade segura... Uma cidade inteira controlada pelo Mundo das Sombras. A maioria deles é legal, mas não o Ash.

— O que ele tem de errado?

— É louco. Também tem sangue-frio, é impiedoso...

— Parece o Phil descrevendo você.

— Não, Ash é pra valer. O vampiro completo. Ele não liga para ninguém; só para si, e adora criar problemas.

Poppy estava preparada para amar todos os primos de James por ele, mas teve que concordar que Ash parecia perigoso.

— Eu não confiaria em ninguém para saber de você agora — disse James —, e Ash está fora de cogitação. Vou dizer a meus pais que ele não pode vir para cá, e pronto.

E depois, o que vamos fazer?, pensou Poppy. Ela não podia ficar escondida para sempre. Pertencia ao Mundo das Sombras — mas o Mundo das Sombras não a aceitaria.

Tinha de haver uma solução — e só podia esperar que ela e James a encontrassem.

— Não demore muito — disse ela, e ele lhe deu um beijo na testa, o que foi legal. Como se estivesse se tornando um hábito.

Quando ele saiu, ela tomou um banho e vestiu roupas limpas. Graças ao velho e bom Phil: ele tinha pegado os jeans preferidos dela. Depois Poppy zanzou pelo apartamento, porque não queria se sentar e *pensar*. Ninguém devia ter de pensar um dia depois de seu enterro.

O telefone ao lado do sofá quadrado parecia zombar dela. Poppy se viu resistindo ao impulso de pegá-lo com tanta frequência que o braço doía.

Mas para quem ligaria? Ninguém. Nem mesmo para Phil, porque e se alguém o ouvisse ou a mãe atendesse?

Não, não, não pense na mamãe, sua idiota.

Mas era tarde demais. Subitamente, ela foi dominada por uma *necessidade* desesperada de ouvir a voz da mãe. Só ouvi-la dizer "alô". Ela sabia que não podia dizer nada. Só precisava ter certeza de que a mãe ainda existia.

Poppy apertou os números do telefone sem se dar tempo para pensar. Contou os toques. Um, dois, três...

— Alô?

Era a voz da mãe. Ela ouvira, mas não era o bastante. Poppy ficou sentada tentando respirar, com lágrimas descendo pelo rosto. Ela ficou ali, torcendo o fio do telefone, ouvindo o zumbido fraco do outro lado. Como uma prisioneira no tribunal esperando para ouvir a sentença.

— Alô? Alô. — A voz da mãe era monótona e cansada. Não era azeda. Trotes telefônicos não eram grande coisa para quem perdera a filha.

Depois um estalo indicou que ela desligara.

Poppy agarrou o fone no peito e chorou, balançando-se de leve. Por fim, colocou-o no gancho.

Bom, não faria *nada* parecido de novo. Era pior do que não poder ouvir a voz da mãe nunca. E não ajudava com a realidade também. Dava-lhe uma vertigem de *Além da Imaginação* pensar que a mãe estava em casa, e que todo mundo estava em casa, mas que *Poppy não estava lá*. A vida continuava naquela casa, mas ela não fazia mais parte daquilo. Não podia simplesmente entrar lá, assim como não podia entrar na casa de uma família estranha.

Você gosta mesmo de uma punição, né? Por que não para de pensar nisso e faz alguma coisa para se distrair?

Ela estava xeretando o arquivo de James quando a porta do apartamento se abriu.

Como Poppy ouvira o tilintar metálico de uma chave, supôs que era James. Mas, mesmo antes de se virar, ela sabia que *não era* James. Não era a mente de James.

Ela se virou e viu um rapaz de cabelo louro-cinza.

Ele era muito bonito, com o corpo parecido com o de James, mas um pouco mais alto, talvez um ano mais velho. O cabelo era mais comprido. O rosto tinha um formato elegante, de feições distintas e olhos cruéis um tanto oblíquos.

Mas não era por isso que ela o encarava.

Ele lhe abriu um sorriso rápido.

— Meu nome é Ash — disse ele. — Oi.

Poppy ainda o encarava.

— Você esteve no meu sonho — disse ela. — Você falou: "Magia ruim acontece".

— Então você é vidente?

— Como?

— Seus sonhos se tornam realidade?

— Em geral, não. — De repente, Poppy recuperou o controle. — Olha, *humm*, não sei como você entrou...

Ele sacudiu um chaveiro para ela.

— A tia Maddy me deu isto. James disse a você para não me deixar entrar, aposto.

Poppy decidiu que a melhor defesa era um bom ataque.

— Por que diabos ele me diria isso? — disse ela, cruzando os braços.

Ele lhe lançou um olhar risonho e malicioso. Seus olhos pareciam castanhos nessa luz, quase dourados.

— Eu sou mau — disse ele simplesmente.

Poppy tentou colar na cara uma expressão de censura — como a de Phil. Não deu muito certo.

— 177 —

— James sabe que você está aqui? Onde ele *está*?

— Não faço ideia. A tia Maddy me deu a chave no almoço, depois foi para algum trabalho de decoração de interiores. Com o que você sonhou?

Poppy só balançou a cabeça. Tentava pensar. Presumivelmente, James estava andando em busca da mãe. Depois que a encontrasse, descobriria que Ash estava ali e voltaria rapidamente. O que significava... bem, Poppy devia manter Ash ocupado até a chegada de James.

Mas como? Poppy não tinha prática de ser uma anfitriã simpática com os meninos. E estava com medo de falar demais. Podia se entregar como vampira nova.

Ah, bem... Quando em dúvida, feche os olhos e pule.

— Conhece alguma piada de lobisomem? — perguntou ela.

Ele riu. Tinha um lindo sorriso e os olhos não eram castanhos, afinal. Eram cinzentos, como os de James.

— Você ainda não me disse seu nome, pequena sonhadora — disse ele.

— Poppy — disse ela, e de imediato se arrependeu. E se a Sra. Rasmussen tivesse falado de uma amiguinha de James chamada Poppy que tinha acabado de morrer? Para esconder seu nervosismo, ela se levantou para fechar a porta.

— Um bom nome lâmia — disse ele. — Não gosto dessa mania yuppie de usar nomes humanos, você gosta? Eu tenho três irmãs, e todas têm nomes antiquados e comuns. Rowan, Kestrel, Jade. Meu pai explodiria um vaso sanguíneo se uma delas de repente quisesse se chamar "Susan".

— Ou "Maddy"? — perguntou Poppy, intrigada, mesmo contra a própria vontade.

— Hein? É a abreviatura de Madder.

Poppy não sabia o que era *madder*. Uma planta, pensou ela.

— É claro que não tenho nada contra o nome James — disse Ash, e, pelo tom de voz, ficou perfeitamente claro que ele *tinha* alguma coisa contra James. — As coisas são diferentes para vocês na Califórnia. Vocês têm de se misturar com os humanos; precisam ter mais cuidado. Assim, se ter um nome de verme facilita... — Ele deu de ombros.

— Ah, sim, eles são vermes mesmo — disse Poppy ao acaso. Ela estava pensando. Ele está brincando comigo. Não está?

Ela teve uma profunda sensação de que ele sabia de tudo. A agitação lhe deu necessidade de se mexer. Ela foi para o aparelho de som de James.

— Então, gosta de música de verme? — perguntou ela. — Techno? Acid jazz? Trip-hop? Jungle? — Poppy agitou um disco de vinil para ele. — Isto é um jungle daqueles. — Ele piscou. — Ah, e isto é *industrial dos bons*. E este é um *acid house ótimo e pesado*...

Ela agora o tinha na defensiva. Ninguém conseguia parar Poppy quando ela entrava naquela. Ela arregalou os olhos para ele e tagarelou, tão insana como só ela sabia.

— E eu digo que o freestyle *voltou*. Até agora completamente underground, mas está *crescendo*. Agora, a *eurodance*, por outro lado...

Ash se sentava no sofá quadrado, com as pernas compridas estendidas. Os olhos eram de um azul-escuro e meio vidrados.

— Meu bem — disse ele por fim — tenho que lhe interromper. Mas precisamos conversar.

Poppy era inteligente demais para perguntar sobre o quê.

— 179 —

— ... com um teclado etéreo e gemidos cantarolados que dão vontade de perguntar: "tem alguém aí?" — concluiu ela, e precisou respirar. Ash aproveitou a deixa.

— Nós precisamos *mesmo* conversar — disse ele. — Antes que o James volte.

Não havia como fugir dele. Agora a boca de Poppy estava seca. Ele se inclinou para a frente, os olhos de um verde-azulado claro, como de mares tropicais. E sim, eles *mudavam mesmo* de cor, pensou Poppy.

— Não é sua culpa — disse ele.

— O quê?

Não é sua culpa. Que você não consiga proteger sua mente. Você vai aprender a fazer isso, disse ele, e Poppy só percebeu na metade que ele não falava em voz alta.

Ah... *droga*. Ela devia ter pensado nisso. Devia estar se concentrando em esconder seus pensamentos. Ela tentou fazer isso agora.

— Olhe, não se incomode. Eu sei que você não é lâmia. Você foi feita e você é ilegal. James foi um menino muito mau.

Como não tinha sentido negar, Poppy levantou o queixo e semicerrou os olhos para ele.

— Então você sabe. E o que vai fazer com isso?

— Depende.

— Do quê?

Ele sorriu.

— De você.

Capítulo 14

— **E**ntenda uma coisa: eu gosto do James — disse Ash. — Acho que ele é meio mole com os vermes, mas não quero vê-lo encrencado. E certamente não quero vê-lo *morto*.

Poppy se sentiu como na noite anterior, quando seu corpo estava faminto de ar. Ficou paralisada, imóvel demais para respirar.

— Quero dizer, *você* quer vê-lo morto? — perguntou Ash, como se fosse a pergunta mais razoável do mundo.

Poppy balançou a cabeça.

— Então, ótimo — disse Ash.

Poppy enfim respirou.

— O que está *dizendo*? — Depois, sem esperar por uma resposta, disse: — Está dizendo que eles vão matá-lo se descobrirem sobre mim. Mas eles não *precisam* descobrir sobre mim. A não ser que você conte.

Ash olhou pensativamente as unhas. Fez uma careta para mostrar que era tão doloroso para ele quanto era para Poppy.

— Vamos repassar os fatos — disse ele. — Você, de fato, é uma ex-humana.

— Ah, eu era um verme, é verdade.

Ele lhe lançou um olhar divertido.

— Não leve isso tão a sério. O que conta é o que você é agora. Mas James, de fato, transformou você sem pedir permissão a *ninguém*. Não é? E ele, de fato, se revelou e contou a você sobre o Mundo das Sombras antes que você fosse transformada. Não é?

— Como sabe disso? Talvez ele só tenha me transformado sem me contar nada.

Ele balançou um dedo.

— Ah, mas o James não faria isso. Ele tem umas ideias permissivas radicais sobre o livre-arbítrio dos humanos.

— Se sabe de tudo isso, por que me pergunta? — disparou Poppy sucintamente. — E, se quer chegar a algum lugar...

— Quero chegar ao fato de que ele cometeu pelo menos duas infrações capitais. Três, aposto. — Ele abriu o sorriso selvagem e lindo de novo. — Ele deve ter se apaixonado por você para ter feito tudo isso.

Algo se agitou em Poppy como um passarinho tentando sair de uma gaiola.

— Não entendo como as pessoas podem fazer leis sobre não se apaixonar! É loucura.

— Mas você não entende *por quê*? Você é o exemplo perfeito. Por causa do amor, James lhe contou e depois a transformou. Se no início ele tivesse o senso de sufocar os sentimentos por você, toda a coisa teria sido cortada pela raiz.

— Mas e se você *não puder* sufocar? Não pode *obrigar* que as pessoas parem de sentir.

— Claro que não — disse Ash, e Poppy ficou totalmente paralisada. Ela o olhava.

— 182 —

Os lábios dele se curvaram e ele acenou para ela.

— Vou lhe contar um segredo. Os Anciãos sabem que não podem legislar sobre os *sentimentos*. O que podem fazer é aterrorizar você, para que não se atreva a mostrar seus sentimentos... O ideal é que você nem admita para si mesma.

Poppy cedeu. Nem sentiu que tinha perdido. Conversar com Ash deixava sua cabeça girando, fazia-a se sentir nova e idiota demais para ter certeza de *alguma coisa*.

Ela fez um gesto de desamparo e desesperança.

— Mas o que vou fazer agora? Não posso alterar o passado...

— Não, mas pode agir no presente. — Ele se colocou de pé num salto, num movimento lindo e gracioso, e começou a andar. — Vejamos. Temos de pensar rapidamente. Presumivelmente, todo mundo aqui acha que você está morta.

— Sim, mas...

— Então a resposta é simples. Você precisa sair e ficar longe desta região. Vá para um lugar onde não será reconhecida, onde ninguém ligaria se você é ou não ilegal. Bruxas. É isso! Tenho umas primas em Las Vegas que hospedarão você. O mais importante é ir embora *agora*.

A cabeça de Poppy não apenas girava, estava *revirando*. Ela se sentia tonta e fisicamente doente, como se tivesse acabado de sair de uma montanha-russa.

— Como é? Eu nem entendo do que você está falando — disse ela, fraca.

— Vou explicar no caminho. Anda, rápido! Tem algumas roupas que possa levar?

Poppy plantou os pés com firmeza no chão. Balançou a cabeça para tentar clareá-la.

— Olha, eu não sei do que está falando, mas não posso ir a *lugar nenhum* agora. Tenho que esperar James.

— Mas você não entende? — Ash parou seu andar agitado e a contornou. Os olhos dele eram verdes e hipnóticos de tão brilhantes. — É isso o que você *não pode* fazer. James nem pode saber para onde você está indo.

— *Como é?*

— Não *entende*? — perguntou Ash de novo. Ele abriu as mãos e falou num tom quase lamentativo. — *Você* é a única coisa que coloca James em perigo. Enquanto estiver aqui, qualquer um pode olhar para você e juntar as peças. Você é a prova circunstancial de que ele cometeu um crime.

Isso Poppy entendeu.

— Mas posso esperar e James pode ir comigo. Ele *desejaria* isso.

— Mas não daria certo — disse Ash com brandura. — Não importa para onde você vá; se estiverem juntos, você é um perigo para ele. Uma olhada em você e qualquer vampiro decente pode sentir a verdade.

Os joelhos de Poppy ficaram fracos.

Ash falou com seriedade.

— Não estou dizendo que você estará mais segura se for embora. Você leva seu próprio perigo com você, por causa do que é. Mas, desde que fique longe de James, ninguém pode ligar você a *ele*. É a única maneira de mantê-lo em segurança. Está entendendo?

— Sim. Sim, agora entendo. — O chão parecia ter sumido sob os pés de Poppy. Ela estava caindo, não na música, mas em um vácuo escuro e gelado. Não havia onde se segurar.

— Mas é claro que pedir que você desista dele é esperar demais. Pode ser que você não queira fazer um sacrifício desses...

O queixo de Poppy empinou. Ela estava cega, vazia e tonta, mas falou com Ash com completo desdém, cuspindo as palavras.

— Depois de tudo o que ele sacrificou por mim? O que pensa que eu sou?

Ash baixou a cabeça.

— Você é corajosa, pequena sonhadora. Nem acredito que foi humana. — Ele levantou a cabeça e falou com ânimo. — Então, o que vai levar?

— Não tenho muita coisa — disse Poppy, devagar, porque tanto mexer quanto falar era doloroso. Ela foi ao quarto como se o chão estivesse coberto de cacos de vidro. — Quase nada. Mas tenho que escrever um bilhete para James.

— Não, não — disse Ash. — É a última coisa que deve fazer. Bom, afinal — acrescentou ele enquanto ela girava devagar para olhar para ele —, sendo James tão nobre, apaixonado e tudo isso... Se você contar para onde vai, ele irá atrás de você. E aí, onde você ficará?

Poppy balançou a cabeça.

— Eu... tudo bem. — Ainda balançando a cabeça, ela cambaleou para o quarto.

Não discutiria mais com ele, mas também não aceitaria o conselho. Poppy fechou a porta do quarto e tentou ao máximo proteger a mente. Visualizou um muro de pedra em volta de seus pensamentos.

Levou trinta segundos para enfiar os moletons, as camisetas e o vestido branco na bolsa de viagem. Depois, ela achou um livro debaixo da mesa de cabeceira e uma caneta hidrográfica na gaveta. Rasgou a folha de rosto do livro e escreveu rapidamente.

Querido James,

Eu sinto muito, mas, se ficar para explicar isto a você, sei que vai tentar me impedir. Ash me fez entender a verdade: que, se eu ficar aqui, colocarei sua vida em perigo. E eu não posso fazer isso. Se algo acontecesse com você por minha causa, eu morreria. De verdade.

Agora vou embora. Ash vai me levar para um lugar distante, onde você não possa me encontrar. Ficarei segura lá. Você ficará seguro aqui. E, mesmo que não fiquemos juntos, nunca estaremos separados.

Eu te amo. Eu o amarei para sempre. Mas preciso fazer isso.

Despeça-se de Phil por mim, por favor.

Sua alma gêmea,

Poppy

As lágrimas pingavam no papel enquanto ela o assinava.

Poppy colocou a folha no travesseiro e foi ao encontro de Ash.

— Ah, o que é isso... — disse ele. — Não chore. Está fazendo o que é certo. — Ele passou o braço nos ombros dela. Poppy estava infeliz demais para afugentá-lo.

Ela olhou para ele.

— Uma coisa: eu não colocaria *você* em perigo indo com você? Quero dizer, alguém pode pensar que foi *você* quem me transformou numa vampira ilegal.

Ele olhou para ela com os olhos arregalados e francos. No momento, eles ficaram de um azul-violeta.

— Estou disposto a correr o risco — disse ele. — Tenho muito respeito por você.

— 186 —

* * *

James subiu a escada de dois em dois degraus, mandando pensamentos inquisitivos à frente e recusando-se a acreditar no que seus sentidos lhe diziam.

Poppy tinha de estar ali. *Tinha* de estar...

Ele socou a porta ao mesmo tempo em que enfiava a chave na fechadura. E gritava mentalmente.

Poppy! Poppy, responda! Poppy!

Depois, mesmo com a porta escancarada e seus pensamentos ricocheteando no vazio do apartamento, ele *ainda* não queria acreditar. James correu, olhando em cada cômodo, o coração batendo cada vez mais alto no peito. A bolsa de viagem de Poppy não estava ali. As roupas sumiram. Ela sumira.

Ele terminou encostado no vidro da janela da sala. Podia ver a rua e não havia sinal de Poppy.

Nem de Ash.

Era culpa de James. Ele seguira o rastro da mãe a tarde toda, de um trabalho de decoração a outro, tentando alcançá-la. Só para descobrir, depois de conseguir falar com ela, que Ash já estava em El Camino e tinha, de fato, sido mandado ao apartamento de James horas antes. Com uma chave.

E ficara sozinho com Poppy.

James telefonou para o apartamento imediatamente. Ninguém atendeu. Ele quebrou todos os limites de velocidade voltando para lá. Mas chegou tarde demais.

Ash, sua víbora!, pensou ele. *Se a machucar, se encostar um dedo que seja nela...*

Ele se viu revirando o apartamento de novo, procurando por pistas do que tinha acontecido. E então, no quarto, percebeu uma coisa branca contra o tom bege da fronha.

Um bilhete. Ele o pegou e leu. James ficava mais frio a cada frase. Quando chegou ao final, ele era feito de gelo e estava pronto para matar.

Havia umas manchinhas redondas onde a tinta da caneta tinha escorrido. Lágrimas. Ele ia quebrar os ossos de Ash, um por um.

James dobrou o bilhete com cuidado e o colocou no bolso. Depois pegou algumas coisas no armário e fez uma chamada do celular, enquanto descia a escada do prédio.

— Mãe, sou eu — disse ele depois do sinal da secretária eletrônica. — Vou viajar por uns dias. Aconteceu uma coisa. Se você vir o Ash, me deixe um recado. Quero falar com ele.

Ele não disse por favor. Sabia que sua voz estava cortante. E não se importou. Esperava que o tom de voz a assustasse.

No momento, ele se sentia pronto para enfrentar a mãe, o pai e todos os vampiros Anciãos no Mundo das Sombras. Uma estaca para cada um deles.

Ele não era mais criança. Na semana anterior, passara por uma provação. Enfrentara a morte e encontrara o amor. Era um adulto.

E cheio de uma fúria silenciosa que destruiria tudo em seu caminho. O que fosse preciso para achar Poppy.

Ele deu mais uns telefonemas enquanto dirigia o Integra com velocidade e habilidade pelas ruas de El Camino. Ligou para o Íris Negro e se certificou de que Ash não tinha aparecido por lá. Ligou para vários outros *clubs* de flores negras, embora não esperasse encontrar nada. Poppy disse que Ash ia levá-la para longe.

Mas para onde?

Maldito Ash!, pensou ele. *Para onde?*

* * *

Phil olhava a TV sem ver. Como poderia se interessar por talk shows e infomerciais quando só conseguia pensar na irmã? A irmã, que talvez estivesse vendo os mesmos programas e talvez mordendo gente?

Ele ouviu o carro cantar pneu e parar na rua, e estava de pé antes que se desse conta. Era estranho ter absoluta certeza de quem era. Ele devia ter passado a reconhecer o motor do Integra.

Phil abriu a porta quando James chegava à varanda.

— O que foi?

— Vamos. — James já estava indo para o carro. Havia uma energia letal em seus movimentos, um poder descontrolado que Phil jamais vira. Uma fúria incandescente, reprimida, mas tensa.

— Qual é o *problema*?

À porta do motorista, James se virou.

— Poppy desapareceu!

Phil olhou desvairado em volta. Não havia ninguém na rua, mas a porta da casa estava aberta. E James gritava como se não ligasse que alguém ouvisse.

E então as palavras entraram em sua mente.

— Como assim, ela... — Phil se interrompeu e virou-se bruscamente para fechar a porta. Depois foi até o Integra. James já abrira a porta do carona.

— Como assim, ela desapareceu? — perguntou Phil quando entrou no carro.

James ligou o motor.

— Meu primo Ash a levou para algum lugar.

— *Quem é Ash?*

— 189 —

— Um morto — disse James, e, de algum modo, Phillip entendeu que James não pretendia dizer que Ash era um dos mortos-vivos. Ele queria dizer que Ash *estaria* morto, completamente morto, muito em breve.

— Bom, e para onde ele a levou?

— Não sei — disse James entredentes. — Não tenho a menor ideia.

Phil olhou por um segundo.

— Tudo bem... Tudo bem... — Ele não compreendia o que estava havendo, mas podia entender uma coisa: James estava furioso demais e cego pela vingança para pensar com sensatez. Ele podia *parecer* racional, mas era idiotice dirigir a 80 quilômetros por hora numa área residencial sem ter ideia de para onde ir.

Era estranho que Phil se sentisse comparativamente calmo — parecia que tinha passado a semana anterior sendo maluco enquanto James bancava o frio. Mas a presença de alguém histérico sempre deixava Phil mais racional.

— Tudo bem, escute — disse ele. — Vamos dar um passo de cada vez. Devagar, está bem? Podemos estar seguindo a direção errada. — Com isso, James soltou um pouco o pedal do acelerador.

— Tá, agora me fale do Ash. Por que ele levou Poppy? Ele a sequestrou?

— Não. Ele a convenceu a ir. Ele a convenceu de que era perigoso para mim se ela ficasse aqui. Era a única coisa que a faria ir com ele. — Com uma das mãos no volante, James vasculhou o bolso e entregou uma folha de papel a Phil.

Era uma página rasgada de um livro. Phillip leu o bilhete e engoliu em seco. Olhou para James, que encarava a rua à frente.

Phil se remexeu, constrangido por ter invadido território particular, sem graça pelo desconforto que sentira. *Sua alma gêmea, Poppy? Ora, ora...*

— Ela te ama muito — disse Phil por fim, sem jeito. — E fico feliz que tenha se despedido de mim. — Ele dobrou com cuidado o bilhete e o enfiou sob o freio de mão. James o pegou e o recolocou no bolso.

— Ash usou os sentimentos dela para levá-la. Ninguém aperta botões e puxa cordinhas como ele.

— Mas por que ele desejaria isso?

— Primeiro, porque ele gosta de mulheres. Ele é um *verdadeiro* Don Juan. — James lançou um olhar corrosivo para Phil. — E agora ele está sozinho com ela. E, segundo, porque ele gosta de brincar com as coisas. Como um gato com um camundongo. Ele vai brincar com ela por um tempo, e depois, quando estiver cansado, vai entregá-la.

Phillip ficou imóvel.

— A *quem*?

— Aos Anciãos. Alguma autoridade em algum lugar, que perceba que ela é uma vampira renegada.

— E depois?

— Depois vão matá-la.

Phil se agarrou ao painel.

— Espere aí. Está me dizendo que um primo seu vai entregar Poppy para ser morta?

— É a lei. Qualquer bom vampiro faria o mesmo. Minha própria mãe faria isso, sem pensar duas vezes. — Sua voz era amargurada.

— E ele é um vampiro, Ash — disse Phil feito um idiota.

James olhou para ele.

— 191 —

— *Todos* os meus primos são vampiros — disse ele com uma risada curta. Depois sua expressão mudou e ele pisou fundo no acelerador.

— O que... Ei, era um sinal vermelho! — gritou Phil.

James pisou nos freios e fez uma manobra em U no meio da rua. Passou por cima do gramado de alguém.

— O que foi? — Phil perguntou todo tenso, ainda agarrado ao painel.

James parecia quase sonhador.

— Acabo de perceber aonde eles foram. Para onde ele a levou. Ele disse a ela um lugar seguro, onde as pessoas não se importassem com quem ela era. Mas os vampiros *se importam.*

— Então eles estão com humanos?

— Não. Ash odeia os humanos. Ele queria levá-la a um lugar do Mundo das Sombras, um lugar onde ele fosse um maioral. E a cidade mais próxima controlada pelo Mundo das Sombras é Las Vegas.

Phil sentiu o queixo cair. *Las Vegas?* Controlada pelo Mundo das Sombras? De repente, ele teve o impulso de rir. Claro, claro que seria.

— E eu que sempre pensei que fosse a Máfia — disse ele.

— E é — disse James, sério, entrando na rampa de acesso de uma rodovia. — Só que uma máfia diferente.

— Mas espere aí! Las Vegas é uma cidade grande.

— Na verdade, não é. Mas isso não importa. Sei onde eles estão. Porque *nem todos* os meus primos são vampiros. Alguns são bruxos.

A testa de Phil enrugou.

— Ah, é? E como você conseguiu isso?

— Não consegui. Foram meus bisavós, uns quatrocentos anos atrás. Eles fizeram uma cerimônia de laço de sangue com uma família de bruxos. Os bruxos não são meus primos *de verdade*; não são parentes. São primos emprestados. Família adotiva. Não deve ocorrer a eles que Poppy possa ser ilegal. E é para onde Ash iria.

— Eles são parentes emprestados — disse Ash a Poppy. Eles estavam dirigindo a Mercedes dourada dos Rasmussen, que Ash insistira que a tia Maddy queria que ele levasse. — Eles não vão desconfiar de você. E os bruxos não reconhecem os sinais de um novo vampiro, como os vampiros percebem.

Poppy só olhava o horizonte distante. Agora anoitecia e um sol vermelho e baixo se punha atrás deles. Em volta, uma paisagem estranha de outro mundo: não era castanha, como Poppy teria esperado do deserto. Mais cinza-esverdeada, com montes de verde-acinzentado. As árvores de Josué, uma espécie de cacto, eram estranhamente bonitas, mas também a coisa mais próxima de uma planta feita de tentáculos que ela vira na vida.

Quase tudo que crescia tinha espinhos.

Era estranhamente reconfortante como um lugar para se exilar. Parecia a Poppy que estava deixando para trás não só sua antiga vida, mas tudo o que achava familiar na Terra.

— Eu vou cuidar de você — disse Ash de um jeito afetuoso.

Poppy nem piscou.

Phillip viu Nevada primeiro como uma fila de luzes na escuridão. À medida que se aproximavam da divisa do estado, as luzes se revelaram placas com mensagens em néon piscando, formigando, faiscando. Whiskey Pete's, anunciavam. Buffalo Bill's. The Prima Donna.

Um cara com fama de ser Don Juan estava levando Poppy para *aquele lugar*?

— Mais rápido — disse ele a James enquanto deixavam as luzes para trás e entravam num trecho escuro e monótono do deserto. — Anda. Esse carro pode fazer 140.

— Chegamos. Las Vegas — disse Ash como se desse toda a cidade de presente a Poppy. Mas Poppy não via a cidade; só uma luz nas nuvens à frente, como a lua que nascia. Depois, enquanto a rodovia fazia uma curva, ela viu que não era a lua: era o reflexo das luzes da cidade. Las Vegas era um poço de luz em uma bacia plana entre as montanhas.

Algo se agitou em Poppy, contra a sua vontade. Ela sempre quis ver o mundo. Lugares distantes. Terras exóticas. E isso seria perfeito — se ao menos James estivesse com ela.

Mais perto, porém, a cidade não era bem a joia que parecia de longe. Ash saiu da rodovia e Poppy foi lançada num mundo de cores, luzes e movimento — e de vulgaridade e mau gosto.

— A Strip — anunciou Ash. — Sabe como é, onde ficam todos os cassinos. Não há lugar igual.

— Aposto que sim — disse Poppy, observando. De um lado havia um hotel numa pirâmide preta imensa com uma esfinge enorme na frente. Lasers faiscavam dos olhos da esfinge. Do outro lado havia um hotel vagabundo com uma placa que dizia: "Quartos US$18".

— Então esse é o Mundo das Sombras — disse ela, com uma pontada de diversão cínica que a fez se sentir muito adulta.

— Não, isso é para os turistas — disse Ash. — Mas é um bom negócio e você pode se divertir de verdade aqui. Mas vou lhe mostrar o verdadeiro Mundo das Sombras. Primeiro, quero ver minhas primas.

Poppy pensou em dizer que ela não ligava que *ele* lhe mostrasse o Mundo das Sombras. Algo nas maneiras de Ash começavam a incomodá-la. Ele agia mais como se eles estivessem num encontro do que se ele a acompanhasse ao exílio.

Mas ele é a única pessoa que conheço aqui, percebeu ela com o estômago afundando. *E até parece que eu tenho algum dinheiro ou coisa assim — nem mesmo 18 dólares para aquele hotel barato.*

Havia uma coisa pior: ela agora estava com fome e começava a se sentir sem fôlego. Mas não era o animal tonto e irracional que ficara na noite anterior. Ela não *queria* atacar um humano na rua.

— É aqui — disse Ash. Era uma rua secundária e escura, e não era apinhada como a Strip. Ele parou num beco. — Muito bem, vou ver se estão.

Do outro lado havia prédios altos com paredes de bloco de cimento. No alto, filas de cabos de energia obscureciam o céu. Ash bateu numa porta engastada no cimento — uma porta sem maçaneta por fora. Também não havia placa na porta; só uma pichação rude em spray. Era a imagem de uma dália negra.

Poppy olhou uma caçamba de lixo e tentou controlar a respiração. Para dentro, para fora. Devagar e fundo. Está tudo bem, é ar. Não é o que sinto, mas é ar.

A porta se abriu e Ash acenou para ela.

— Esta é Poppy — disse Ash, repousando o braço ao redor de Poppy enquanto ela entrava vacilante. O lugar parecia uma loja — uma loja com ervas medicinais, velas e cristais. E muitas outras coisas estranhas que Poppy não reconheceu. Artigos que pareciam de bruxa.

— E estas são as minhas primas: Blaise e Thea. — Blaise era uma menina impressionante, com uma massa de cabelos pretos e muitas curvas. Thea era mais magra e loura. As duas ficaram fora de foco; a visão de Poppy embaçava.

— Oi — disse ela, o cumprimento mais longo que conseguia pronunciar.

— Ash, o que deu em você? Ela está doente. O que anda fazendo com ela? — Thea olhava para Poppy com olhos castanhos e solidários.

— Hein? Nada... — disse Ash, parecendo surpreso, como se percebesse o estado de Poppy pela primeira vez. Poppy deduziu que ele não era do tipo que se preocupava com o desconforto dos outros. — Acho que ela está com fome. Vamos ter que sair e nos alimentar...

— Ah, não, você não. Não aqui. Além disso, ela não vai aguentar — disse Thea. — Vamos, Poppy, desta vez eu serei a doadora.

Ela pegou Poppy pelo braço e a levou por uma cortina de contas até outro cômodo. Poppy deixou-se ser conduzida. Não conseguia mais pensar — e todo o seu maxilar superior doía. Até a palavra *alimentar* aguçava seus dentes.

Eu preciso... Eu tenho que...

Mas não sabia como. Teve uma visão de seu próprio rosto no espelho, olhos prateados e caninos selvagens. Ela não *queria* ser um animal de novo, atacar Thea e rasgar sua garganta. E não podia perguntar como — isso a entregaria como nova vampira. Poppy ficou de pé, trêmula, incapaz de se mexer.

Capítulo 15

— A nde, está tudo bem — disse Thea. Ela parecia ter a mesma idade de Poppy, mas tinha um ar gentil e sensível que lhe conferia autoridade. — Sente-se. Aqui. — Ela sentou Poppy em um sofá surrado e estendeu o pulso. Poppy o olhou por um segundo e se lembrou.

James, dando-lhe o sangue do braço. Era *assim* que se fazia. Amistoso e civilizado.

Poppy podia ver as veias azuis-claras por baixo da pele. E essa visão acabou com a hesitação que lhe restava. O instinto assumiu o controle e ela pegou o braço de Thea. Só o que percebeu em seguida era que estava bebendo.

Uma doçura salgada e quente. Vida. Alívio para a dor. Era tão bom que Poppy quase teve vontade de chorar. *Não admira que os vampiros odeiem os humanos,* pensou ela vagamente. *Os humanos não precisam caçar para ter essa coisa maravilhosa; já eram cheios dela.*

Mas, observou outra parte de sua mente, *Thea não era humana; era uma bruxa. Estranho, porque o sangue dela ti-*

– 197 –

nha exatamente o mesmo gosto. Cada sentido de Poppy confirmava isso.

Então os bruxos são humanos; mas humanos com poderes especiais, pensou Poppy. *Que interessante...*

Foi preciso algum esforço para se controlar, saber quando parar. Mas ela parou. Soltou o pulso de Thea e se recostou, meio constrangida, lambendo os lábios e os dentes. Não queria encarar os olhos castanhos de Thea.

Foi só então que percebeu que manteve os pensamentos protegidos durante todo o processo. Não houve a conexão mental de quando ela partilhou sangue com James. Então ela já dominava um poder de vampiro. Mais rápido do que James ou Ash teriam esperado.

E ela agora se sentia bem. Com energia suficiente para dançar. Confiante o bastante para sorrir para Thea.

— Obrigada — disse ela.

Thea também sorriu, como se achasse Poppy estranha ou exótica, mas gentil. Não parecia desconfiada.

— Está tudo bem — disse ela, flexionando o pulso e fazendo uma leve careta.

Pela primeira vez, Poppy pôde ver o ambiente. O cômodo mais parecia uma sala de estar do que parte de uma loja. Além do sofá, havia uma TV e várias cadeiras. Na ponta navia uma mesa grande com velas e incenso acesos.

— Esta é a sala de aula — disse Thea. — A vovó faz feitiços aqui e deixa os estudantes verem.

— E a outra parte é uma loja — disse Poppy; com cautela, porque não sabia o que devia saber.

Thea não pareceu surpresa.

— Sim. Sei que você pensaria que não há bruxas suficientes aqui para nos manter no negócio, mas na verdade elas vêm de todo o país. A vovó é famosa. E os alunos dela compram muito.

Poppy assentiu, parecendo adequadamente impressionada. Não se atreveu a fazer outras perguntas, mas seu coração gelado tinha se aquecido um pouco. Nem todo o Povo das Sombras era ríspido e cruel. Ela teve a sensação de que podia ser amiga dessa menina, se tivesse a oportunidade. Talvez, afinal, ela pudesse sobreviver no Mundo das Sombras.

— Bem, agradeço novamente — murmurou ela com brandura.

— Não fale nisso. Mas não deixe o Ash te deixar arrasada desse jeito também. Ele é muito *irresponsável.*

— Assim me magoa, Thea. Me magoa de verdade — disse Ash. Ele estava na soleira da porta, mantendo a cortina de contas aberta com uma das mãos. — Mas, por falar nisso, eu mesmo estou me sentindo meio fraco... — Ele ergueu as sobrancelhas de um jeito insinuante.

— Vá pular no lago Mead, Ash — disse Thea com doçura.

Ash parecia inocente e nostálgico.

— Só um pouquinho... Uma mordiscada... Um beliscão... — disse ele. — Você tem um lindo pescoço, tão branco...

— Quem tem? — perguntou Blaise, abrindo caminho pelo outro lado da cortina de contas. Poppy teve a sensação de que ela só estava falando para chamar a atenção para si. Ela ficou no meio da sala e sacudiu o cabelo longo e preto com o ar de uma menina acostumada a ser o centro das atenções.

— As duas têm — disse Ash, galante. Depois pareceu se lembrar de Poppy. — E, é claro, esta pequena sonhadora tem um lindo *todo* branco.

Blaise, que estivera sorrindo, agora parecia amarga. Olhou para Poppy longa e duramente. Com antipatia — e outra coisa.

Desconfiança. Nascia uma desconfiança.

Poppy podia *sentir*. Os pensamentos de Blaise eram nítidos, afiados e maliciosos, como cacos de vidro.

De repente, Blaise sorriu novamente. Olhou para Ash.

— Imagino que você tenha vindo para a festa — disse ela.

— Não. Que festa?

Blaise suspirou de uma forma que destacava sua blusa de decote baixo.

— A festa do solstício, é claro. O Thierry vai dar uma das grandes. *Todo mundo* vai.

Ash pareceu tentado. Na luz fraca da sala de aula, os olhos dele cintilaram sombrios. Depois ele balançou a cabeça.

— Não, não posso. Desculpe. Vou mostrar a cidade a Poppy.

— Bom, pode fazer isso e ainda ir à festa depois. Só vai começar pra valer depois da meia-noite. — Blaise olhava para Ash com uma insistência estranha. Ash mordeu o lábio, depois balançou a cabeça de novo, sorrindo.

— É, talvez... — disse ele. — Veremos como as coisas se desenrolam.

Poppy sabia que ele estava dizendo mais do que isso. Alguma mensagem muda parecia estar sendo transmitida entre ele e Blaise. Mas não era telepática e Poppy não conseguiu captar.

— Então, divirtam-se — disse Thea, sorrindo rapidamente para Poppy enquanto Ash a conduzia para fora.

* * *

Ash olhava a Strip.

— Se a gente correr, pode ver o vulcão em erupção — disse ele. Poppy olhou, mas não disse nada. Em vez disso, perguntou:

— O que é uma festa do solstício?

— O solstício de verão. O dia mais longo do ano. É um feriado para o Povo das Sombras. Como o Natal para os humanos.

— Por quê?

— Ah, sempre foi assim. É muito mágico, sabia? Eu a levaria à festa, mas seria perigoso demais. Thierry é um vampiro Ancião. — Depois, ele disse: — Aqui está o vulcão.

Era um vulcão. Na frente de um hotel. Cascatas desciam pelas laterais e luzes vermelhas brilhavam do cone. Ash parou em fila dupla na rua.

— Está vendo, temos uma ótima visão daqui — disse ele.

— Todos os confortos do lar.

O vulcão soltava trovões. Enquanto Poppy olhava incrédula, um pilar de fogo partiu do alto. Fogo de verdade. Depois as cascatas se incendiaram. Chamas vermelhas e douradas se espalhavam pelos lados de uma rocha negra até que todo o lago em volta do vulcão estava em brasa.

— Inspirador, não é? — perguntou Ash, muito perto do ouvido dela.

— Bem... é...

— Emocionante? — perguntou Ash. — Estimulante? Excitante? — O braço dele se esgueirava em volta dela e a voz era docemente hipnótica.

Poppy não disse nada.

— 201 —

— Sabe de uma coisa? — sussurrou Ash. — Dá para você ver melhor aqui em cima. Eu não me importo de ficar espremido. — O braço dele a instava para mais perto com delicadeza, mas firmemente. O hálito de Ash agitou o cabelo dela.

Poppy meteu o cotovelo na barriga de Ash.

— *Ei!* — Ash gritou. *De dor autêntica*, pensou Poppy. *Que bom.*

Ele soltou o braço e agora a fitava com olhos castanhos e ofendidos.

— Por que fez isso?

— Porque tive *vontade* — disse Poppy. Ela estava formigando de sangue novo e pronta para brigar. — Olha, Ash, não sei o que lhe deu a ideia de que sou sua namorada aqui. Mas estou lhe dizendo agora que *não sou*.

Ash tombou a cabeça de lado e sorriu com tristeza.

— É que você não me conhece bem — propôs ele. — Quando a gente se conhecer melhor...

— *Não*. Nunca. Não estou interessada em outros homens. Se não puder ter James... — Poppy parou e controlou a voz. — Não quero mais ninguém — disse ela por fim, categórica. — Ninguém.

— Bom, agora não, talvez, mas...

— *Nunca*. — Ela não sabia explicar. Depois, teve uma ideia. — Conhece o princípio da alma gêmea?

Ash abriu a boca e a fechou. Abriu-a novamente.

— Ah, não. Não *esse* lixo.

— Sim. James é minha alma gêmea. Desculpe se parece idiotice, mas é a verdade.

Ash colocou a mão na testa e começou a rir.

— Você fala sério.

— Falo.

— E é sua última palavra.

— É.

Ash riu de novo, suspirou e baixou os olhos.

— Tudo bem. Tudo bem. Eu devia saber... — Ele riu no que pareceu escárnio por si mesmo.

Poppy ficou aliviada. Teve medo de que ele ficasse decepcionado e ofendido — ou *mau*. Apesar do charme de Ash, ela sempre podia sentir alguma coisa fria correndo por sob a superfície, como um rio gelado.

Mas agora ele parecia num bom humor perfeito.

— Tudo bem — disse ele. — Então, se o romance não está no cardápio, vamos à festa.

— Pensei ter ouvido você dizer que era perigoso demais.

Ele agitou a mão.

— Uma mentirinha. Para ficar a sós com você, sabe como é... — Ele a olhou de lado. — Desculpe.

Poppy hesitou. Não se importava com a festa. Mas também não queria ficar sozinha com Ash.

— Talvez você deva me levar de volta à casa de suas primas.

— Elas não estarão *lá* — disse Ash. — Sei que já estão na festa agora. Ah, o que é isso, vai ser divertido. Me dê uma chance de me reconciliar com você.

Ondas finas de inquietude rolavam por dentro de Poppy. Mas Ash parecia tão arrependido e convincente... E que alternativa tinha ela?

— Tudo bem — disse Poppy por fim. — Só um pouquinho.

Ash abriu um sorriso estonteante.

— Só um pouquinho — disse ele.

* * *

— Então eles podem estar em qualquer lugar na Strip — disse James.

Thea suspirou.

— Desculpe. Eu devia saber que Ash estava aprontando alguma. Mas raptar sua namorada... — Ela levantou as mãos num gesto de "e agora?" — Não sei se isso ajuda: ela não parecia muito interessada nele. Se ele pretende avançar nela, vai ter uma surpresa.

Sim, pensou James, *e ela também*. Poppy só seria útil para Ash enquanto ele pensasse que podia brincar com ela. Quando percebesse que não podia...

Ele não queria pensar no que aconteceria. Uma visita rápida ao Ancião mais próximo, supôs James.

Seu coração martelava e havia um tinido nos ouvidos.

— Blaise foi com eles? — perguntou ele.

— Não, ela foi à festa do solstício. Ela tentou convencer Ash a ir, mas ele disse que queria mostrar a cidade a Poppy. — Thea parou, levantando um dedo. — Peraí... pode dar uma olhada na festa. Ash disse que ia passar lá depois.

James passou um momento se obrigando a respirar. Depois disse, com muita gentileza:

— E quem está dando a festa?

— Thierry Descoedres. Ele sempre dá as festas grandes.

— E ele é um Ancião.

— O quê?

— Nada. Deixa pra lá. — James saiu da loja. — Obrigado pela ajuda. Entrarei em contato.

— James... — Ela olhou para ele, desamparada. — Quer entrar e se sentar um pouco? Você não parece muito bem...

— Eu estou bem — disse James, já do lado de fora da porta.

No carro, ele disse:

— Pode se levantar agora.

Phillip saiu do piso do banco traseiro, onde estivera escondido.

— O que está havendo? Você sumiu por um tempão.

— Acho que sei onde a Poppy está.

— Você só *acha*?

— Cala a boca, Phil! — Ele não tinha energia para trocar insultos. Estava inteiramente concentrado em Poppy.

— Tá legal, e onde ela está?

James falou com precisão.

— Ou está agora, ou estará mais tarde, numa festa. Uma festa muito grande, cheia de vampiros. E pelo menos um Ancião. O lugar perfeito para ser exposta.

Phil engoliu em seco.

— E acha que é o que o Ash vai fazer?

— Eu sei que é o que o Ash vai fazer.

— Então temos de impedi-lo.

— Já pode ser tarde demais.

A festa era estranha. Poppy ficou admirada ao ver quantos jovens estavam lá. Havia um ou outro adulto, mas, principalmente, adolescentes.

— Vampiros feitos — explicou Ash com gentileza. Poppy se lembrou do que James dissera: os vampiros feitos continuam para sempre com a idade de sua morte, mas os lâmias podem parar de envelhecer quando quiserem. Ela achava que isso significava que James podia ficar mais velho, se quisesse, enquanto ela ficaria eternamente presa nos 16 anos. Não que isso importasse. Se ela e James ficassem juntos, os dois podiam continuar jovens; mas, separados, talvez ele quisesse envelhecer.

No entanto, era *muito* estranho ver um cara que parecia ter 19 anos conversando com um garotinho que parecia ter 4. O menino era bonito, com cabelos pretos e brilhantes e olhos oblíquos, mas havia algo ao mesmo tempo inocente e cruel na expressão dele.

— Agora, vejamos... esta é a Circe, uma bruxa de renome. E aquela é Sekhmet, uma metamorfa. Não vai querer que *ela* fique irritada — disse Ash. Ele e Poppy estavam parados numa pequena antessala, olhando a sala principal da casa. Da mansão, aliás. Era a residência particular mais opulenta que Poppy já vira; e ela tinha visto Bel Air e Beverly Hills.

— Tudo bem — disse Poppy, olhando na direção geral que ele apontava. Ela viu duas mulheres altas e solitárias, mas não fazia ideia de quem era quem.

— E aquele é Thierry, nosso anfitrião. Ele é um Ancião.

Um Ancião? O cara que Ash apontava não parecia ter mais de 19 anos. Era bonito, como todos os vampiros: alto, louro e meditativo. Quase parecia triste.

— Quantos *anos* ele tem?

— Ah, esqueci. Ele foi mordido por um ancestral meu há muito tempo. Quando as pessoas viviam em cavernas.

Poppy pensou que ele estivesse brincando. Mas talvez não.

— O que fazem os Anciãos, exatamente?

— Eles só fazem as regras. E cuidam para que todos as sigam. — Um estranho sorriso brincava nos lábios de Ash. Ele se virou para olhar diretamente para Poppy.

Com os olhos negros de uma serpente.

Foi quando Poppy entendeu.

Ela recuou rapidamente. Mas Ash veio atrás dela com a mesma rapidez. Ela viu uma porta do outro lado da antessala e foi para lá. Passou por ela. E se viu numa sacada.

Com os olhos, ela mediu a distância até o chão. Mas, antes que conseguisse fazer qualquer movimento, Ash pegou seu braço.

Não lute ainda, sua mente a aconselhou desesperadamente. *Ele é forte. Espere por uma oportunidade.*

Ela se obrigou a relaxar um pouco e encontrou o olhar sombrio de Ash.

— Você me trouxe aqui.

— Sim.

— Para me entregar.

Ele sorriu.

— Mas *por quê?*

Ash lançou a cabeça para trás e riu. Era uma risada linda e melodiosa, e deu náuseas em Poppy.

— Você é uma *humana* — disse ele. — Ou devia ser. James jamais devia ter feito o que fez.

O coração de Poppy disparava, mas a mente estava estranhamente clara. Talvez ela soubesse o tempo todo que era isso o que ele ia fazer. Talvez fosse até a coisa *certa* a fazer. Se ela não podia ficar com James e não podia ficar com a família, será que o resto realmente importava? Ela *queria mesmo* viver no Mundo das Sombras, se estava cheio de gente como Blaise e Ash?

— Então você também não liga para James — disse ela. — Está disposto a colocá-lo em perigo para se livrar de mim.

Ash pensou, e depois sorriu com malícia.

— James pode cuidar de si mesmo — disse ele.

O que obviamente resumia toda a filosofia de Ash. Todo mundo cuidava de si e ninguém ajudava a ninguém.

— E Blaise sabia também — disse Poppy. — Ela sabia o que você ia fazer e não se importou.

— Blaise não deixa passar muita coisa — disse Ash. Ele começou a falar novamente, e Poppy viu sua chance.

Ela chutou — *com força*. E girou ao mesmo tempo. Tentando pular a grade da sacada.

— Fique aqui — disse James a Phil antes que o carro até mesmo tivesse parado. Eles estavam na frente de uma mansão branca e imensa, ladeada de palmeiras. James abriu a porta, mas parou para dizer: — Fique *aqui*. Não importa o que acontecer, não entre na casa. E, se alguém além de mim se aproximar do carro, dirija para longe.

— Mas...

— Obedeça, Phil! A não ser que queira saber da morte em primeira mão... Esta noite.

James partiu numa correria louca para a mansão. Estava concentrado demais para perceber o som da porta de um carro se abrindo atrás dele.

— E você que parecia uma menina legal... — Ash ofegava. Tinha os dois braços de Poppy às costas dela e tentava sair do alcance dos pés da jovem. — Não... não, pare com isso agora.

Ele era forte demais. Não havia nada que Poppy pudesse fazer. Centímetro por centímetro, ele a arrastava de volta à antessala.

Você podia muito bem desistir, a mente de Poppy lhe disse. *É inútil. Você está acabada.*

Ela podia imaginar como seria: ser arrastada diante de todo aquele lindo Povo das Sombras e desmascarada. Podia imaginar os olhares impiedosos. Aquele cara de aparência meditativa viria até ela e a expressão dele mudaria, e ele não pareceria mais meditativo. Ficaria selvagem. Seus dentes brilhariam. Os olhos ficariam prateados. Depois ele rosnaria — e atacaria.

E esse seria o fim de Poppy.

Talvez eles não agissem assim; talvez executassem criminosos de outra maneira no Mundo das Sombras. Mas não seria agradável, o que quer que fosse.

E eu não facilitaria para vocês!, pensou Poppy. Ela pensou isso diretamente para Ash, lançando toda a sua raiva, a tristeza e sentimento de traição para ele. Por instinto. Como uma criança gritando num ataque de birra.

Só que teve um efeito que a gritaria não costuma ter.

Ash se encolheu. Quase soltou os braços dela.

Foi só uma fraqueza momentânea, mas o suficiente para os olhos de Poppy se arregalarem.

Eu o machuquei. *Eu o machuquei!*

Ela parou de lutar fisicamente na mesma hora. Concentrou-se ao máximo, com toda a sua energia, numa explosão mental. Uma bomba de pensamento.

ME SOLTA, SEU VAMPIRO PODRE E DETESTÁVEL!

Ash cambaleou. Poppy repetiu, desta vez transformando seu pensamento numa mangueira de incêndio, um bombardeiro potente.

SOLTAAAAAAAAAAAAAAAAAAAAAAAA!

Ash soltou. Depois, enquanto Poppy corria, ele tentou, desajeitado, alcançá-la de novo.

— Acho que não — disse uma voz fria como aço. Poppy olhou para a antessala e viu James.

Seu coração disparou violentamente. E, depois, sem ter consciência de que se mexia, ela estava em seus braços.

Ah, James, como você me encontrou?

— 209 —

Só o que ele disse foi: *Você está bem?*

— Estou — disse Poppy por fim, em voz alta. Era indescritivelmente bom estar com ele de novo, senti-lo em seus braços. Como sair de um pesadelo e ver a mãe sorrindo. Ela escondeu o rosto no pescoço do namorado.

— Tem certeza de que está bem?

— Sim. Tenho.

— Que bom. Então espere um minuto enquanto eu mato esse sujeito e vamos embora.

Ele falava inteiramente a sério. Poppy podia sentir isso nos pensamentos, em cada músculo e nervo do corpo dele. James queria assassinar Ash.

Ela levantou a cabeça ao som da risada de Ash.

— Ora essa..., vai ser uma boa briga — disse Ash.

Não, pensou Poppy. Ash parecia escorregadio e perigoso, num estado de espírito muito ruim. E, mesmo que James pudesse bater nele, era James que ia se machucar. Mesmo que ela e James lutassem juntos, haveria alguns danos.

— Vamos embora — disse ela a James. — Rápido. — Ela acrescentou em silêncio, *Acho que ele quer nos manter aqui até que apareça alguém da festa.*

— Não, não — disse Ash, num tom entusiasmado e triunfante. — Vamos resolver isso como vampiros.

— Não vamos — disse uma voz sem fôlego e familiar a Poppy. A cabeça de Poppy girou. Subindo pela grade da sacada, sujo, mas triunfante, estava Phil.

— Você não *ouviu* o que eu disse? — perguntou James a ele.

— Ora, ora... — disse Ash. — Um humano na casa de um Ancião. O que *vamos* fazer com isso?

— Olha aqui, amigo — disse Phil, ainda sem fôlego, limpando as mãos. — Não sei quem você é nem qual é a sua.

Mas foi com a minha *irmã* que você se meteu e acho que tenho o direito a ser o primeiro a arrebentar a sua cara.

Houve uma pausa enquanto Poppy, James e Ash olhavam para ele. A pausa se estendeu. Poppy estava ciente de um impulso súbito e totalmente inadequado de rir. Depois percebeu que James lutava desesperadamente para não abrir um sorriso.

Ash só olhou para Phil de cima a baixo, depois para James, de lado.

— Esse cara *entende alguma coisa* de vampiros? — disse ele.

— Ah, sim — disse James com brandura.

— E ele vai arrebentar a minha cara?

— Vou — disse Phil, e estalou os nós dos dedos. — O que há de estranho nisso?

Houve outra pausa. Poppy podia sentir tremores mínimos em James; o riso reprimido. Por fim, James disse, com uma sobriedade admirável:

— Phil tem sentimentos muito fortes pela irmã.

Ash olhou para Phil mais uma vez, depois para James, e, por fim, para Poppy.

— Bom... vocês são três — disse ele.

— Sim, somos — disse James, agora genuinamente sério. Amargo.

— Então acho que isso me deixa em desvantagem. Tudo bem, eu desisto. — Ele levantou as mãos e as baixou. — Vão embora, saiam daqui. Não vou lutar.

— E não vai falar de nós também — disse James. Não era um pedido.

— Eu não ia fazer isso mesmo — disse Ash. Ele tinha a expressão mais inocente e sincera do mundo. — Sei que você acha que eu trouxe Poppy aqui para expô-la, mas, na verdade, eu não ia chegar a esse ponto. Só estava me divertindo. Foi tudo uma brincadeira.

— Ah, sei — disse Phil.

— Não se incomode em mentir — disse James.

Mas Poppy, estranhamente, não tinha a mesma certeza dos dois. Ela olhou nos olhos grandes de Ash — os olhos grandes e violeta — e sentiu a dúvida se agitar dentro dela.

Era difícil interpretar a expressão dele, como tinha sido durante o tempo todo. Talvez porque ele sempre fosse sincero em tudo quando falava — ou talvez porque *nunca* fosse. Independentemente de qualquer coisa, ele era o sujeito mais irritante, frustrante e impossível que ela conhecera.

— Tudo bem, agora vamos embora — disse James. — Vamos sair andando com muita tranquilidade e calma por aquela salinha e passar pelo hall, e não vamos parar para *nada*... Phillip. A não ser que prefira voltar por onde veio.

Phil balançou a cabeça. James pegou Poppy nos braços de novo, mas parou e olhou para Ash.

— Sabe de uma coisa? Você nunca se importou realmente com ninguém — disse ele —, mas um dia vai se importar, e vai doer. Vai doer... muito.

Ash olhou para ele e Poppy não podia ler nada em seus olhos sempre cambiantes. Mas, assim que James se virou de novo, ele disse:

— Acho que você é um péssimo profeta. Mas sua namorada é boa. Pergunte a ela sobre os sonhos um dia desses.

James parou. Franziu a testa.

— Como é?

— E você, pequena sonhadora, dê uma olhada na sua árvore genealógica. Você tem um grito muito alto. — Ele sorriu para Poppy. — Tchau.

James ainda ficou por mais ou menos um minuto só encarando o primo. Ash o olhava com serenidade. Poppy contou as batidas do coração enquanto os dois estavam imóveis.

Depois James se sacudiu de leve e virou Poppy para a antessala. Phil seguiu nos calcanhares dos dois.

Eles andaram pela casa em silêncio e com muita calma. Ninguém tentou detê-los.

Mas Poppy só se sentiu segura quando chegaram à rua.

— O que ele quis dizer com olhar nossa árvore genealógica? — perguntou Phil do banco de trás.

James lhe lançou um olhar estranho, mas respondeu com uma pergunta:

— Phil, como você sabia onde encontrar Poppy nesta casa? Você a viu na sacada?

— Não, eu só segui os gritos.

Poppy se virou para olhar para ele.

— Que gritos? — disse James.

— *Os* gritos. Poppy gritando. "Me solta, seu vampiro podre e detestável".

Poppy se virou para James.

— *Ele* deveria ser capaz de ouvir? Pensei que só Ash conseguisse. Será que todo mundo na festa ouviu?

— Não.

— Mas então...

James a interrompeu.

— De que sonhos Ash estava falando?

— Foi só um sonho que eu tive — disse Poppy, confusa. — Sonhei com ele antes de conhecê-lo.

A expressão de James agora era *muito* peculiar.

— Ah, sonhou, é?

— Sim. James, o que foi aquilo? O que ele quis dizer com minha árvore genealógica?

— Ele quis dizer que você... e Phil... não são humanos afinal. Algum ancestral de vocês era bruxo.

Capítulo 16

— **V**ocê *deve* estar brincando — disse Poppy.

Phil se limitou a bufar.

— Não. Estou falando a verdade. Vocês são bruxos do segundo tipo. Lembra do que eu te disse?

— Existe o tipo de bruxo que conhece sua herança e é treinado... e o tipo que não conhece. Que simplesmente tem poderes. E os humanos chamam esse tipo de...

— Paranormal! — James fez coro com ela. — Telepatas. Clarividentes — continuou ele sozinho. Havia algo em sua voz entre o riso e o choro. — Poppy, é isso o que *você* é... Por isso você pegou a telepatia tão rápido. Por isso tem sonhos clarividentes.

— E por isso o Phil me ouviu — disse Poppy.

— Ah, não — disse Phil. — Eu não. Sem essa.

— Phil, vocês são gêmeos — disse James. — Têm os mesmos ancestrais. Encare a realidade: você é um bruxo. É por isso que eu não consigo controlar a sua mente.

— Ah, *não* — disse Phil. — Não. — Ele se recostou no banco. — Não — repetiu ele, desta vez mais fraco.

— 215 —

— Mas de que lado veio? — perguntou-se Poppy.

— Do papai. É claro. — A voz no banco de trás era muito fraca.

— Bom, isso *seria* lógico, mas...

— Só pode ser. Lembra quando papai sempre falava de ver coisas estranhas? Ter sonhos sobre coisas antes que acontecessem? E, Poppy, ele ouviu você gritar no sonho *dele*. Quando você estava chamando por James. James ouviu, eu ouvi e o papai também.

— Então isso explica tudo. Ah, e explica outras coisas sobre todos nós... Todas aquelas vezes em que tivemos *sensações* sobre coisas... Pressentimentos, o que seja. Até você tem pressentimentos, Phil.

— Sempre tive a sensação de que James era horripilante e eu tinha razão.

— Phil...

— E talvez mais alguns — disse Phil num tom fatalista. — Eu sabia que era James no carro hoje à tarde. Pensei que eu só tinha um bom ouvido para motores de carro.

Poppy tremia de prazer e assombro, mas não conseguia entender James. Ele parecia inteiramente radiante. Cheio de uma euforia incrédula que ela podia sentir como faixas e fogos de artifício no ar.

— O que foi, James?

— Poppy, não está vendo? — James socou o volante de alegria. — Isso quer dizer que, embora você possa ter se tornado vampira, *você era do Povo das Sombras*. Uma bruxa secreta. Você tem todo o direito de saber do Mundo das Sombras. Você pertence a ele.

O mundo ficou de cabeça para baixo e Poppy não conseguia respirar. Por fim, ela sussurrou.

— Oh...

— E pertencemos um ao outro. Ninguém pode nos separar. Não precisamos nos esconder.

— Oh... — sussurrou Poppy novamente. Depois disse: — James, pare o carro. Quero te dar um beijo.

Quando voltaram a se colocar em movimento, Phil disse:

— Mas para onde vocês dois vão agora? Poppy não pode ir para casa.

— Eu sei — disse Poppy em voz baixa. Ela já aceitara isso. Não havia volta para ela; a antiga vida acabara. Nada a fazer senão construir uma nova.

— E não pode ficar vagando de um lugar para outro — disse Phil, insistente.

— Não vamos — disse Poppy com calma. — Vamos para a casa do papai.

Era perfeito. Poppy podia sentir James pensar: *É claro.*

Eles iriam ficar com o pai dela, o pai sempre atrasado, sempre pouco prático, sempre afetuoso. Seu pai, o bruxo que não sabia que era bruxo. Que provavelmente pensava que era louco quando seus poderes entravam em ação.

Ele lhes daria um lugar para ficar e era só do que precisavam, na verdade. Disso e um do outro. Todo o Mundo das Sombras seria aberto a eles, se quisessem explorá-lo. Talvez pudessem voltar e visitar Thea um dia desses. Talvez eles pudessem dançar em uma das festas de Thierry.

— Quero dizer, se conseguirmos *encontrar* o papai — disse Poppy, tomada de um alarme repentino.

— Você pode — disse Phil. — Ele pegou um avião ontem à noite, mas deixou um endereço. Pela primeira vez.

— Talvez ele já saiba, de alguma maneira.

Eles rodaram por um tempo; depois, Phil deu um pigarro e disse:

— Eu andei pensando... Não quero fazer parte do Mundo das Sombras, entendam... Eu não *ligo* para a minha herança. Só quero ter uma vida de humano... E quero que todo mundo entenda bem isso...

— Nós entendemos, Phil — interrompeu James. — Acredite. Ninguém do Mundo das Sombras vai obrigar você a entrar. Pode viver como um humano, se quiser, desde que evite o Povo das Sombras e fique de boca fechada.

— Tudo bem. Que bom. Mas o que pensei foi o seguinte: ainda não aprovo os vampiros, mas me ocorreu que talvez eles não sejam de todo ruins, como parecem. Quero dizer, os vampiros não ameaçam sua comida de um jeito pior do que fazem os humanos. Quando penso no que fazemos com as vacas... Pelo menos eles não criam humanos em currais.

— Eu não apostaria nisso — disse James, taciturno de repente. — Soube de boatos dos velhos tempos...

— Você sempre tem que discutir, não é? Mas minha outra ideia era que vocês fazem parte da Natureza, e a Natureza é o que é. Nem sempre é bonita, mas... bem, é a Natureza, e pronto. — Ele concluiu: — Talvez isso não faça sentido algum.

— Faz sentido para mim — disse James, inteiramente sério. — E... obrigado. — Ele parou para olhar para Phil, agradecido. Poppy sentiu os olhos arderem. *Se ele admite que fazemos parte da Natureza,* pensou ela, *então não acredita mais que não sejamos naturais ou anormais.*

Isso significava muito.

— É, *eu* também andei pensando — disse Poppy.

— E me ocorreu que talvez existam alternativas para nos alimentarmos além de só atacar humanos quando eles não

— 218 —

esperam. Tipo animais. Quero dizer, há algum motivo para que o sangue deles não funcione?

— Não é igual ao sangue humano — disse James. — Mas é uma possibilidade. Eu já me alimentei de animais. Os cervos são bons. Os coelhos também. Os gambás fedem.

— E deve haver também *algumas* pessoas dispostas a ser doadoras. Thea foi doadora para mim. Podemos perguntar a outras bruxas.

— Talvez — disse James. Ele de repente sorriu com malícia. — Conheci uma bruxa que era *muito* dada. O nome era Gisèle. Mas não se pode pedir que façam isso todo dia, entendeu? É preciso que tenham tempo para se recuperar.

— Eu sei, mas talvez a gente possa alternar. Os animais um dia e bruxas no outro. Ei, talvez até os lobisomens nos fins de semana!

— Prefiro morder um gambá — disse James.

Poppy lhe deu um soco no braço.

— A questão é que talvez não precisemos ser uns monstros sanguessugas horríveis. Talvez possamos ser monstros sanguessugas *decentes*.

— Talvez — disse James em voz baixa, quase com tristeza.

— Apoiado — disse Phil, muito sério, do banco de trás.

— E podemos fazer isso juntos — disse Poppy a James. Ele tirou os olhos da estrada para sorrir para ela. E não havia nada de tristonho em seu olhar. Nada frio, misterioso ou secreto.

— Juntos — disse ele em voz alta. E, mentalmente, acrescentou: *Mal posso esperar. Com sua telepatia... percebe o que podemos fazer, não é?*

Poppy olhou, depois sentiu um tumulto efervescente que quase a expulsou do carro. *Ah, James... acha mesmo?*

Tenho certeza. A única coisa que torna a troca de sangue tão especial é que ela aumenta a telepatia. Mas você *não precisa de melhoria nenhuma... sua pequena sonhadora.*

Poppy se recostou e tentou acalmar o coração.

Eles poderiam unir as mentes de novo. Sempre que quisessem. Ela podia imaginar isso: ser arrastada pela mente de James, sentindo-o render seus pensamentos a ela.

Fundindo-se como duas gotas de água. Juntos de uma forma que os humanos jamais poderiam saber.

Mal posso esperar também, ela disse a ele. *Acho que vou gostar de ser bruxa.*

Phil deu um pigarro.

— Se quiserem alguma privacidade...

— Não podemos ter nenhuma — disse James. — Não com você por perto. É óbvio.

— Não posso evitar — disse Phil entredentes. — São vocês que estão gritando.

— Não estamos gritando. Você está xeretando.

— Os dois precisam descansar — disse Poppy. Mas ela sentiu calor e ânimo no carro. Não pôde deixar de acrescentar a Phil: — E então, se estiver disposto a nos dar alguma privacidade, isso significa que você confia em James sozinho com a sua irmã...

— Eu não *disse* isso.

— Não precisava — disse Poppy.

Ela estava feliz.

Era o dia seguinte, muito tarde. Na verdade, quase meianoite. A hora das bruxas. Poppy estava parada num lugar que achava que nunca mais veria: o quarto da mãe.

James esperava do lado de fora com o carro carregado de coisas, inclusive uma mala grande com os CDs de Poppy, contrabandeada para eles por Phil. Em alguns minutos, James e Poppy iriam para a Costa Leste e para o pai de Poppy. Mas, primeiro, havia uma coisa que Poppy precisava fazer.

Ela deslizou em silêncio para a cama kingsize, sem fazer mais ruído do que uma sombra, sem perturbar nenhum dos adormecidos. Parou perto da forma imóvel da mãe.

Ficou olhando para baixo, e depois falou com a mente:

Sei que acha que isto é um sonho, mãe. Sei que não acredita em espíritos. Mas preciso te dizer que eu estou bem. Estou bem e estou feliz e, mesmo que você não entenda, por favor, procure acreditar. Só desta vez, acredite no que não pode ver.

Ela parou, e depois acrescentou: *Eu te amo, mãe. Sempre amarei.*

Quando saiu do quarto, a mãe ainda dormia — e sorria.

Lá fora, Phil estava perto do Integra. Poppy o abraçou e ele retribuiu, com força.

— Adeus — sussurrou ela. Ela entrou no carro.

James estendeu a mão pela janela. Phil a pegou sem hesitar.

— Obrigado — disse James. — Por tudo.

— Não, eu é que agradeço — disse Phil. O sorriso e a voz dele vacilavam. — Cuide dela... e se cuide. — Ele recuou, piscando.

Poppy soprou um beijo. E ela e James partiram juntos pela noite.

Este livro foi composto na tipologia Minion Pro,
em corpo 11,5/15,3, impresso em papel off-white 80g/m²,
no Sistema Cameron da Divisão Gráfica
da Distribuidora Record.